선생님도 육아는 처음이라서

선생님도
육아는 처음이라서

초판인쇄 2021년 3월 10일
초판발행 2021년 3월 10일

지은이 이서희
펴낸이 채종준
기획·편집 유나
디자인 김예리
마케팅 문선영 전예리

펴낸곳 한국학술정보(주)
주소 경기도 파주시 회동길 230(문발동)
전화 031 908 3181(대표)
팩스 031 908 3189
홈페이지 http://ebook.kstudy.com
E-mail 출판사업부 publish@kstudy.com
등록 제일산−115호(2000. 6. 19)

ISBN 979-11-6603-351-3 02810

자신만만
보육교사의

좌충우돌
육아 입문기

이서희 지음

선생님도
육아는

처음이라서

이담
Books

"그래, 요즘에 아기는 밤에 잘 자니?"

시댁에서 저녁식사를 하던 중에 어머님께서 남편에게 묻는다.

"아기가 울고 난리도 아니에요. 두세 시간에 한 번씩 깬다니까요."

"오늘도 낮에 계속 잤는데 안 자면 어떡하니."

"아유, 그러니까요~."

뒤이어 남편이 하는 말,

"낮에 안 자야 밤에 잘 자지. 아유, 좀 자라!"

밤에 잠들지 않고 우는 아기에게 면박을 주는 남편이 괜히 얄미웠다.

"어머님, 새벽반은 제가 하니까 괜찮아요, 오빠는 밤에 잘 자잖아~. 평일에는 제가 새벽에 아기 보고 오빠는 주말에 가끔 도와줘요."

※ ※ ※

아기가 태어난 이후 우리의 일상은 순식간에 바뀌었다. 주말 밤에도 우리는 함께 무엇을 한다기보다는 나는 나대로 남편은 남편대로 자신의 방법대로 평일에 하지 못한 것들을 각자 한다. 개인 시간이 현저히 줄어든 지금은 주말 밤만이 혼자서 무엇인가 해볼 수 있는 유일한 시간이 되었다.

더군다나 나는 평일 내내 아기와 함께 하고 외출도 자유롭지 못하다. 아기가 울어 잠이 깬 새벽, 나는 라면을 끓여 먹기도 하고 못보고 지나친 방송 프로그램을 챙겨 보거나 책을 읽는다. 때로는 야밤에 나가 심야영화라도 보고 싶은 마음이 굴뚝같지만 아직은 밤에도 한 번씩 깨서 우는 아기를 두고 나갈 수 없다. 아쉬운 대로 외출만큼 달콤한 휴식을 집콕으로 즐기곤 했다.

　하지만, 남편은 평일에도 주말에도 새벽에 깨지 않고 잔다. 그런 남편이 밉기도 하고, 새벽에 깨서 무엇을 하지도 않으면서 아기에게 면박을 주는 남편이 얄미웠다. 그래서 어머님께 "나는 새벽반"이라고 말했다. 그것 말고는 달리 표현방법이 없었다.

✽ ✽ ✽

　조리원에서 처음 아기를 데리고 왔을 때만 해도 우는 아기를 달래는 데 한참이 걸렸다. 아기가 무엇 때문에 우는지 몰랐고, 알아도 달래기는 쉽지 않았다. 그때마다 나는 새벽 내내 아기와 텅 빈 거실에서 졸면서 수유를 하곤 했다. 아기 때

바닥에 눕히면 깨는 나의 잠버릇 때문에 나를 포대기에 업혀 이불에 눕지도 못하고 살짝 앉아서 잠들었다는 친정엄마의 말을 위로 삼아 견딜 뿐이었다.

아기가 백일이 지난 지금은 한번씩 '으앙' 울며 배고픔을 표현하는 소리에 깨긴 하지만 이전보다는 훨씬 좋아진 컨디션으로 지낼 수 있다. 아기가 울면 즉각 일어나 왜 우는지 확인이 가능하고 대처할 수 있는 새벽반 엄마가 되었기 때문이다. 아기와 나는 새벽반 동지, 내가 아기에게 수유를 하면 아기는 이내 깊이 잠들어 싱긋 싱긋 웃으며 기분이 좋다는 걸 보여주기도 한다. 그제야 나는 내 할 일을 끝냈다는 안도감에 잠이 든다.

Contents

Prologue ... 4

1 배부른 일상

나는 베이비페어를 안 갔다 ... 14

태교가 별거지 ... 20

꼭 얌전하게 앉아서 해야만 태교인가요? ... 24

새로운 입맛, 아니 여전히 비슷한 취향 ... 28

선생님, 안 힘들어요? ... 32

진통은 처음이라서 ... 36

이런 게 진진통인가봐 ... 40

2 머릿속에 별이 보인대

아가야 안녕 ... 48

출산, 그 이후 ... 52

몸조리는 어떻게 하는 거예요? ... 57

조리원 입성 ... 62

변한 몸이 어색해 ... 66

조리원 퇴소를 기다리며 ... 72

세 가족이 되었습니다

아기와 함께 집으로 ... 80

나도 이모님도 서로가 처음이라 ... 85

이모님, 안녕히 가세요 ... 91

엄마의 작은 기쁨 ... 95

수유 쿠션이 나의 친구가 될 줄은 몰랐다 ... 99

어린이집 교실과 우리 집 거실 면적이 다르진 않은데? ... 104

이제 새댁 아니고 엄마

아기를 해치는 상상을 하는 게 말이 돼? ... 110

엄마로서의 일상 ... 113

무슨 주사가 이렇게 많아? ... 117

일상 탈출 ... 120

100일이 지나야 운동할 수 있다고요? ... 122

언제쯤 아기 없이 피부과에 갈 수 있을까 ... 128

여자는 아이 낳고 나면 다 똑같은 아줌마야 ... 131

가베? 몬테소리? 어떤 걸 할지 고민이야 ... 134

교사 출신 엄마도 하루 7똥은 힘들어! ... 137

5
육아전쟁

비상! 비상! 열나는 아기 ··· 146

역병에 대비한 아기 엄마의 일상 ··· 149

미션 아기와 외출하기 ··· 153

오줌싸개는 우리 아기가 아니었어 ··· 157

우리 아기가 아토피라니요 ··· 160

엄마에게도 혼자만 있는 시간이 필요해 ··· 165

교사도 엄마도 반지 못 끼는 건 똑같아 ··· 169

조금 울려도 괜찮은데 ··· 172

쭈쭈 없이는 못 살아 ··· 175

엄마의 고민은 끝이 없어라 ··· 181

6 육아는 현재 진행 중, 내 인생은 앞서가는 중

우리 아기가 어린이집에 간대요 ··· 188

어린이집, 가고 싶다고 다 갈 수 있는 게 아니었어 ··· 191

뚜벅이가 좋았던 시간도 있었지 ··· 196

엄마가 되어 몸이 바뀌다 ··· 199

육아휴직, 또 다른 고민 ··· 201

독서 모임이라니! ··· 205

엄마 아닌 여자로 사회생활 하기 ··· 210

나는 다시 어린이집 선생님이 되었다 ··· 214

Epilogue ··· 220

1

배부른
일상

나는 베이비페어를
안 갔다

첫 아이였지만 나름의 육아용품에 대한 기준이 있었다. 입에 넣는 놀잇감은 원목으로 된 것, 국민 육아템으로 불리는 건 이유가 있으니 똑같이 살 필요는 없지만 지인이 준다고 하면 감사한 마음으로 받아오자는 마음이었다.

처음 엄마가 되어 아기에게 가장 좋은 것, 깨끗한 것을 주고 싶은 마음도 컸다. 그러나 먼저 경험한 지인들이 좋은 것, 비싼 것 사도 몇 달 못 쓰니 웬만하면 받아서 쓰고 중고로 사라고 조언해주었기에 아기가 태어나면 굳이 비싼 물건만 고집하진 않겠다고 생각했다. 덕분에 임신 전부터 아기 식탁 의자, 모빌, 바운서와 같은 필수템은 내 방 구석을 채우고 있었다. 임신 소식을 듣고선 몇몇 지인이 아기가 쓰던 물품을 깨끗하게 닦아서 준 것이다.

임신 기간 동안 육아 책을 찾아 읽기도 하고 맘 카페에서 이런 글, 저런 글 열심히 찾아봤다. 주기마다 찾아오는 통증, 뱃속 아기의 증상이 비슷한 경우도 있고 생소한 경우도 있었지만 다양한 정보를 얻을 수 있었다. 육아용품 리스트도 도움이 되었다. 기저귀부터 수유 쿠션, 젖병은 물론「셋째맘이 꼭 필요한 것만 골랐어요」,「첫째 맘이 유용하게 사용한 리스트」를 챙겨 읽으며 꼭 필요한 것 위주로 육아용품을 준비했다.

아기용품의 전람회 같은 '베이비 페어'도 가보고 싶었지만 예쁘고 좋은 물건, 비싸고 좋은 걸 보면 열심히 사 올 것을 알기에 되도록 가지 말자고 남편과 얘기했다. 게다가 베이비페어에 가서 겪게 될 주차 전쟁을 경험하고 싶지도 않았다.

꽃 꽃 꽃

대신 요즘 유행하는 중고마켓에서 눈에 불을 켜고 좋은 물건을 찾았다. 주로 살고 있는 집 주변에서 올리는 물건을 찾아봤고 판매자가 먼 지역에 있다면 택배로 받았다.

중고라고 무조건 저렴하지는 않았다. 구입 년도, 사용 기간에 따라 차이가 있었다. 첫째 아이가 사용한 것 혹은 사용 정도를 따져 너무 낡은 물건은 아닌지, 가격이 합리적인지 등을 알아보았다. 찾아보면 아이가 좋아하지 않아 포장만 뜯고 사용하지 않은 새 제품도 많았다.

처음으로 구입한 건 산전복대였다. 중고인 만큼 절반 가격으로 구입할 수 있었는데 그래도 생각보다 비싸게 느껴졌다. 그래도 내 몸에 직접 착용하는 물건인 만큼 한 개 가격으로 다른 종류의 산전복대를 더 구입할 수 있으니 이득인 셈이었다.

그렇게 중고마켓에 재미를 붙여 사용하지 않은 젖병 소독솔, 구입하고 한 번도 사용하지 않은 유축기, 아기 침대까지 저렴한 가격대에서 마련했다. 처음 경험해 본 신세계였다.

한편으론 불편한 점도 있었다. 먼저 중고 물건이다 보니 제품의 사용설명서가 없다거나 부품이 빠져있어도 잘 모른다는 점이었다. 중고마켓을 이용할 때는 이 점을 꼭 체크하길 당부한다.

* * *

시어머니나 친정엄마는 그래도 첫아기인데 쓰던 물건을 주면 어떡하냐며 걱정했다. 아기용품 얼마나 한다고 아끼냐는 말도 하셨다. 나는 그럴 때마다 돈 아껴서 아기 교육비로 쓸 거라고, 아기가 크면 하고 싶은 게 많을 텐데 그때를 위해 다 저금할 거라고 큰소리를 쳤다. 교육비야 아기가 커갈수록 많이 드는 건 당연한 것이라 어른들도 차차 그러려니 하고 이해하는 모습이었다.

중고로 구입한 것 중에 가장 빛을 발한 건 아기가 집에 갈 때 필요한 카시트였다. 아직 아기라 정식 카시트에 두기에는 너무 작아 뒤늦게 바구니 카시트라는 것을 구입했고 이곳저곳 들고 다닐 수 있어 차에서 병원으로 이동할 때 유용하게 사용했다.

물론, 엄마나 아빠가 아기를 안거나 아기띠를 맬 수 있었지만 가능한 관절 사용을 하지 않겠다는 다짐으로 무조건 아빠가! 무조건 바구니 카시트에! 아기를 넣어 이동했다. 덕분에 잠시나마 내 관절을 소중하게 지켜냈고 어디를 가든 포근히 잠들어 이동할 수 있었다.

베이비페어에 갔다면 무언가 더 좋은 물건을 만났을 지도 모르겠다. 그러나 기준을 뚜렷하게 잡는다면 나처럼 굳이 베이비페어에 가지 않더라도 필요한 아기용품을 마련하는 데 어려움이 있지는 않으리라 생각한다.

교사 출신 엄마가 추천하는 신생아 육아템

- 아기 침대
  - 임신하고 범퍼침대와 원목 울타리가 있는 침대를 준비할지 말지 한참 고민했어요. 아기와 함께 생활해보면 안아주고 눕히는 일이 자주 있어 높은 울타리 침대를 편리하게 사용했던 기억이 있어요. 바퀴가 달려있으면 이동이 편리해요.
- 기저귀 갈이대
- 수유 쿠션
- 온습도계, 체온계(브라운 제품 추천)
- 아기용 손톱깎기, 아기용 면봉
- 소리 나는 모빌(흑백/색깔), 초점책
- 천 아기띠
  - 저는 코니 아기띠를 사용했어요. 천이 부드럽고 몸에 밀착되어 아기가 편안해했어요. 개인 취향에 맞는 것을 찾아 사용해보세요.
- 멜로디북 (애플 봉봉, 튤립책)
  - 엄마의 노래 소리를 들려주는 것이 가장 좋지만 늘 노래하고 있을 수 없어요. 지쳐있을 때 들려줘요.
- 역류방지쿠션
  - 아기의 트림이 나오지 않을 때 앉혀두면 편안해하며 트림해요.
- 바운서
  - 깨끗한 상태를 유지할 수 있도록 세탁이 가능한지, 아기를 안전하게 지탱하는지 전자파나 유해물질은 없는지 확인해요. 저는 뉴나 리프 커브 제품과 피셔프라이스 제품을 사용했는데 특히나 뉴나 리프에 달려있는 모빌을 좋아해 유용하게 사용했어요.

- 아기 욕조

  욕조 안에 온도 체크 기능이 있으면 편리해요. 아기가 편안하게 누워있을 수 있는지 세척이 편리한지, 유해물질은 없는지 확인해요.

- 촉감인형(애벌레 모양이 가장 유명해요)
- 수유 시트
- 엄마 손목보호대
- 겉싸개, 속싸개, 배냇저고리, 배냇 슈트
- 스와들업(SWADDLE UP, 아기 손을 위로 올려 감쌀 수 있는 속싸개)

태교가
별거지

임신 이후 직장에서 책임감을 덜 갖는 업무를 맡게 되면서 시간적으로도 심적으로도 여유로워졌다. 통장으로 입금되는 돈은 확 줄었지만 시간의 자유를 갖는 것이 더 필요했다. 출산 이후에는 내가 하고 싶은 것, 배우고 싶은 것을 할 시간이 주어지기 어려우며 남편과 가족의 지원이 필요하므로, 내가 원하는 시간을 원하는 때에 얻는다는 게 얼마나 어려울지 많은 매체를 통해 학습해왔기 때문이다. 나는 지금 내게 주어진 시간이 소중했다.

태교의 방법으로 선택한 것 중 하나는 '배움'이었다. 블로그를 통해 그림책 만들기, 글쓰기, 플라워아트 등 많은 자료를 찾아볼 수 있었다. 모두 평소 좋아하고 관심을 가진 분야였다. 왜 지난해에는 이런 생각을 하지 못했을까, 왜 이제야 그림책 만드는 클래스가 이렇게 활성화 된 걸까? 새로운 정보가 많아 미처 알지 못했다는 게 억울했지만 불평만 할 수는 없었다. 주어진 시간이 짧기에 그 어느 때보다 선택과 집중이 필요했다.

✻ ✻ ✻

나는 특히 꽃에 관련된 무언가를 하고 싶어 꾸준히 움직여 왔다. 원데이 클래스에 참여해 갈런드도 만들고 바구니를 만들어 선물하기를 좋아했다. 꽃가게 선생님과 친해질 수 있었던 이유이기도 하다. 그러므로 꽃은 집과 가까운 곳에서 배울 수 있기에 당장은 새로운 자극이 필요하지 않다.

나는 신중했다. 배가 더 많이 불러오기 전에 내가 할 수 있는 것, 직장이 서울이 아니기에 서울로 나갈 수 있는 활동을 찾아보았다. 그러다 작은 글로 이루어진 잡지, 〈컨셉진〉에서 열리는 '에디터 스쿨'을 만났다. 에디터는 정보를 모아 자료를 정리하고 다양하고 창의적인 방법으로 글을 쓰고 사진을 넣는 등의 역할을 하는 사람이라고 한다.

20대 초, 나의 꿈은 잡지사에서 일해 보는 것이었다. 잡지를 좋아해 다양한 잡지를 빌려보기도 하고 직접 구입한 잡지

중 좋아하는 그림이나 사진은 스크랩해두었다. 중학생 때는 꿈에 한발자국 가까워지기 위해 인터뷰한 경험도 있다. 스무 살이 넘어서는 잡지사에서는 무슨 일을 하는지 코디네이터는 어떻게 일하는지 궁금해 찾아보기도 했다. 역시 너무 재밌어 보이고 매력적으로 보였다. 도전할까 말까 고민했지만 월급이 적고 성공 확률도 낮다는 많은 사람들의 이야기를 듣고는 결국 도전하지 않았다.

무엇을 하고자 해서 노력도 하기 전에 도전 정신을 져버리게 만든 것, 지금 생각하면 너무나 아쉬운 일이다. 그러니 임신 중인 지금 출산 이후에는 시간을 내기 어려울 테니 도전하고 싶었다. 혹은 태어날 아이를 위해 지금 다니는 직장이 아닌 다른 직업을 시작할 수도 있으니 직업과 관련 없는 수업을 들어보는 게 좋겠다고 생각했다. 게다가 이 수업이 나만의 콘텐츠를 제작할 수 있는 기초가 되어줄 것 같았다.

＊＊＊

에디터 스쿨 수업 첫날, 20명이 넘는 인원이 모였고 연령대도 20대부터 40대까지 다양했다. 대학 새내기부터 현직에 종사하는 사람, 자신의 창업을 위해 수업을 들으러 오는 사람까지! 수많은 사람 중에 임산부인 나는 특별한 누군가가 아닌 그저 수업을 배우런 온 학생 중 한 명일 뿐이었다.

약 5주간 진행됐던 에디터 수업은 도전의 연속이었다. 책을 읽어보고 요약하기, 사진을 찍어보고 잡지의 한 장면을 만들어보기, 정해진 주제에 맞추어 글을 써보고 글의 흐름을 연결시켜 보기… 제목만 보면 쉬워보였지만 잠이 부족한 임산부에게는 과제 하나 하나가 어려움의 연속이었다. 잘하는 것에 초점을 두지 말자, 지금은 도전한다는 것에 의의를 두자, 그렇게 나를 위로하며 배움을 이어나갔다. 익숙하지 않은 것을 완성해낼 때까지 내적으로 수많은 선택과 결정을 반복하며 작은 전쟁을 치루기도 했다.

'잘하는 것에 초점을 두지 말자, 지금은 도전한다는 것에 의의를 두자'

그렇게 나를 위로하며 배움을 이어나갔다. 그 수많은 시간과 노력을 지나, 짧으면 짧은 시간이었지만 무사히 수료자 타이틀을 얻을 수 있었다. 나와 아기 모두를 위한 나만의 태교 방법이 보인 첫 성과였다.

꼭 얌전하게 앉아서 해야만 태교인가요?

이후 태교로 해보겠다고 다시 선택한 건 '정리'였다. 일전에 정리정돈 전문가에게 도움을 받아 옷 정리를 해본 경험도 있고 온라인 강의로 정리정돈 자격증을 따볼까 생각도 했었기에 내린 선택이었다. 어디서부터 시작하면 좋을까 생각하다 아무리 많은 이론을 안다고 해도 정리는 실천이기에 네이버 카페 '정리력'에서 진행하는 〈정리력 페스티벌〉에 참여해 보았다.

100일간의 정리력 페스티벌은 매일 매일 정리하는 과제를 받아 정리한 후 인증을 하는 참여형 이벤트였다. 직장생활을 할 때는 일이 끝난 후에도 쉬지 않고 정리하는 것이 어려웠지만 태교로 삼기에는 큰 장점이 되었다. 집안정리와 청소로 집이 깨끗해졌기 때문이다. 정리를 하며 비우고 깨끗해진 집 덕분에 상쾌한 기분으로 지낼 수 있게 되었고 더불어 나도 할 수 있다는 자신감도 생겼다. 아기가 태어난 이후 진행될 이사 준비도 함께 할 수 있었다. 이런 다양한 이유에서 '정리 태교'는 가장 합당한 선택이었다.

정리라고 해서 1시간, 2시간씩 긴 시간을 할애해야 하는 것은 아니었다. 하루 15분, 20분씩 자신이 정리할 수 있다고 생각한 시간을 예상하고 시작하면 되었다. 만약 시간이 충분하지 않아도 다음날 이어서 하면 되므로 부담되지 않는 점이 좋았다.

정리는 습관이 되어 있지 않다면 단 15분을 하기도 어렵다. 그 때문에 처음에는 어려움을 느끼는 날도 있었지만 매일 하다 보니 점차 익숙해졌다. 하루는 20L 쓰레기봉투를 채워 필요 없는 물건을 버리고, 하루는 15분 동안 사용하지 않는 옷과 액세서리, 화장품 등을 버리고…. 내게 필요한 물건인지 아닌지를 생각해 불필요하거나 사용하지 않는 물건을 정리해 갔다. 이렇게 매일 매일 정리하고 버리는 연습을 하니 처음에는 아깝다고 생각한 물건도 큰 고민 없이 버릴 수 있었다. 물건의 수가 줄어드니 정리도 쉬워졌다.

그 효과를 가장 톡톡히 본 구역은 주방과 냉장고였다. 맞벌이 부부였기에 집안에서 많은 음식을 하진 않지만 시댁과 친정에서 보내주신 반찬, 식재료들로 냉장고는 가득가득 차 있었다. 정리가 시급했다. 냉장고 정리하는 날이면 음식쓰레기 봉투 여러 장이 채워졌고 아낌없이 버리는 날이 되었다. 처음에는 많은 양의 식재료를 버리는 일이 아깝기도 하고 싫었다. 그러나 반복해서 정리하다 보니 어느 순간 식재료가 상해서 버리기 전에 냉장고 파먹기를 할 수 있었다. 잘 버린 덕분에 더 알뜰하게 살림을 꾸릴 수 있게 된 것이다.

지금이야 신박한 정리법을 공유하는 것이 특별한 일이 아니게 되었고, 또 미니멀 라이프가 하나의 라이프 스타일로 등장하며 정리가 힐링의 도구가 되었지만, 당시만 해도 내가 정리를 하고 SNS에 올리면 또 정리할 게 많으냐는 등 집 아직도 물건이 있느냐는 등 농담 섞인 말을 많이 들었다. 그럼에도 정리에 재미를 느끼고 즐기게 된 이후로는 잠이 안 오는 새벽이면 집안의 이곳저곳 뒤져 정리했다. 막달이 되어 잠이 오지 않는 날에도 집안 살림을 꺼내 정리하며 지루하지 않게 보낼 수 있었다.

또한 정리는 아기 방을 만들어 주기 위해서 시작한 일이기도 했다. 아기에게 방을 만들어 주기 위해 출산 이후 이사할 계획이었다. 그러니 아기가 태어나기 전에 미리 짐을 줄여야 이사가 수월할 거라 예상했다. 태어날 아기를 위한 일이니 이것도 나만의 태교 방법 중 하나였다.

아기를 임신한 엄마들은 뱃속 아기에게 긍정적인 영향을 주고 싶은 마음에 태교를 시작하는데, 대부분 음악 듣기, 좋은 생각하기, 책 읽기, 바느질하기 등 무언가 하나의 정적인 행동을 생각하는 분들이 많다. 그러나 내가 생각한 태교는 하나의 정형화된 활동이 아닌 내가 즐겁고 재미있게 할 수 있는 것이었다. 그래서 결정한 에디터 수업과 정리는 스스로도 재미를 느낄 수 있고 집안 살림에도 보탬이 되는 일이었다. 이런 일도 태교가 될 수 있다는 것을 소개하고 싶었다. 각자 자신에게 맞는 태교 방법을 찾고 도전한다면 좋겠다.

새로운 입맛,
아니 여전히 비슷한 취향

임신 초기, 나는 '미식'거린다는 느낌이 뭔지 이제야 알게 되었다. 텔레비전 프로그램에서 나오는 임산부 전용 단어인 '미식거리다'라는 말이 이토록 온전히 다가올 줄이야.

하루는 밥을 짓는데 슬며시 풍기는 냄새가 싫어 밥솥을 베란다 문 바깥으로 내어놓기도 하고 냉장고 냄새가 싫어 며칠간 코를 막고 열어야 한 적도 있다. 그럴 때마다 우리 아기가 아직은 이 세상에 적응 중인가 보다, 생각하곤 시간이 지나가길 바랐다.

어느 주말 저녁에는 퇴근한 남편과 저녁을 먹으러 나가기로 했다.

"뭐 먹으러 갈래?"

"몰라, 일단 나가보자!"

임신을 하고 나선 먹고 싶은 메뉴도 없고 입맛도 없어졌다. 그렇지만 다양한 먹을거리를 찾아 먹을 수 있는 외식은 신나는 일이었다.

"오늘만큼은 내가 먹고 싶은 걸 찾을 거야!"

"아, 저기야 저기!"

건물 꼭대기에 피자 간판이 있는 곳을 가리킨다.

"저기 피자 맛있었어!"

"피자? 괜찮아? 밀가루인데….'

"응~ 저기는 야채 많이 넣어주는 건강한 피자야. 내가 전화해볼게."

전화를 걸어 지금 가도 되는지 물었다. 늦은 시간이라 오지 말라고 할까 봐 걱정했는데 방문해도 된다는 대답을 듣고 빠르게 차를 돌렸다.

"저희 피자 한 판이랑 어니언링 주문할게요."

바삭바삭, 고소한 피자에 어니언링이라니! 오늘 하루 종일 입맛이 없었는데 이제야 기운이 난다.

* * *

돌아가는 길에 남편과 이야기를 나누었다.

"오빠, 내가 책에서 봤는데 애기가 먹고 싶다고 새벽에 먹는 건 다 살로 간대. 사실 먹고 싶어 하는 사람은 엄마잖아? 임신했으니까 특별한 대우를 받아야 한다고 생각하는 거고 임산부의 욕심이야."

"내가 새벽에 딸기 사 오라고 시키지 않아서 너무 좋지? 나 같은 사람도 없을 걸~!"

이처럼 나는 임신해도 절제해서 먹고 건강한 음식 위주로 먹으려고 애썼다. 아보카도와 토마토로 과카몰리를 만들어 먹거나 곡물빵으로 샌드위치를 해 먹거나 했다. 전자레인지에 밥을 데워 먹으면 안 좋다는 이야기를 듣고 어느 순간부터는 전자레인지 코드도 빼 두었다.

임신 3개월 때부터 5개월까지는 토마토가 맛있어서 새벽에 일어나 방울토마토 10개를 씻어 먹기도 했고 어느 날에는 자두, 어느 날에는 망고가 유난히도 맛있었다. 그렇지만 치킨, 족발, 찜 요리 등 야식 배달을 시키고 싶은 날도 많았다. 살찐다는 이유로 건강하고 절제된 식단을 먹으려 했다.

그러나 임신 후반기에 들어서니 허기가 지고 힘이 들어 집에서 밥을 해 먹는 것도 일이었다. 그때는 집 근처 가게에서 김밥과 라면, 멸치볶음, 미역 줄기 반찬을 사서 먹고 오곤 했다. 라면이 몸에 안 좋지만 너무 맛있어서 이틀에 한 번씩 먹은 날도 있었다.

임신하면 입덧을 하느라 음식 대부분을 못 먹는 사람도 있다는데 그에 비하면 나는 그때그때 달라지는 입맛으로 이것 저것 잘 먹을 수 있었던 것 같다. 덕분에 크게 스트레스받지 않고 건강한 식단을 유지하는 데 노력을 기울일 수 있었다. 돌이켜보면 이는 가히 내게 온 축복이 아니었을까?

선생님,
안 힘들어요?

"오빠, 몇 시야?"

"응, 8시야."

"나 이제 슬슬 일어날 준비할게."

"역까지 태워다줄게, 아침 먹고 가자."

평소라면 옷은 1분 만에 입고 택시 탈 준비를 해야 할 시간이지만 단축근무 체제가 도입되어 10시까지 출근할 수 있게 되었다. 덕분에 늦게 일어나 아침식사도 하고 남편과 대화할 시간도 주어졌다.

왜 10시 출근이냐면, 초기 임산부는 2시간 근무시간 단축근무 제도를 사용할 수 있는데 나는 동료들과 협의하여 오전 1시간, 오후 1시간으로 나누어 사용하게 되었기 때문이다. 이렇게 좋은 제도가 있다니. 우리나라 좋은 나라를 마음속으로 되뇌며 출근 준비를 한다.

출근하면 미리 출근한 선생님들과 인사를 나누고 내가 소속된 교실로 들어간다. 그렇다, 나는 보육교사로 근무 중이다.

≈ ≈ ≈

우리 반에는 3명의 교사와 9명의 아이들이 있는데 다행히 올해는 근무 환경이 좋은 터라 늦게 출근해도 동료들에게 미안한 마음이 덜하다.

내가 일을 적게 하면 누군가 날 위해 더 많이 일해야 한다. 처음에는 미안해서 과일 주스를 사가기도 하고 커피를 사가는 날도 있었다. 점점 그 횟수가 줄어들긴 했지만 아직은 임산부의 당연한 권리를 쉬이 받아들이는 것도 어렵다.

오전 10시. 아이들의 바깥놀이 대체 신체활동 시간이다. 비가 오거나 눈이 오면 강당에서 놀이하기 위해 내가 맡은 연령의 아이들과 옆 반 아이들이 강당에서 놀이를 한다. 공놀이, 매트 놀이, 파라슈트까지. 아직은 어리지만 발달사항에 알맞은 놀이를 제공하며 수고하는 우리 선생님들. 난 아직 배가 나오지 않아 임신한 티가 나진 않지만 왠지 모를 매스꺼움과 민감한 코 덕분에 예민해졌고 혹여나 아이들이 배에 올라타

33

진 않을까 걱정되는 마음도 있다. 은근한 긴장의 연속이다.

아이들과 인사를 나누고 동료들과도 어제는 특별한 일이 없었는지 확인한다. 이전 같으면 아이들을 안아주며 이야기 나누는 시간을 길게 가졌을 텐데 임신 후에는 아이들과 스킨 십하는 방식이 달라졌다. 매트에 앉아 아이들을 안아주고 얼굴을 봐주는 것으로 내 배를 보호하고 힘도 덜 들인다.

* * *

점심시간이 지나 모든 아이들이 낮잠을 자면 교사는 알림 장을 쓰고 서류나 주어진 업무분장 등의 일을 시작한다. 일은 끝도 없이 진행되지만 우리에게 쉴 시간은 부족하다.

"선생님, 안 힘들어요?"

동료 교사가 물어오는 말에 그제야 휴식할 생각을 한다. 임신 전이라면 일이 끝나지 않아 휴식시간을 가질 생각을 못 할 텐데 이제는 뭐든 빠르게 끝내고 10분이라도 누워있어야겠다고 생각한다.

임신은 정말 신비한 현상이다. 좋아하는 음식인데 갑자기 싫어지기도 하고 이전에는 없던 불편한 감정이 생겨 눈물을 꾹꾹 참아낼 때도 있다. 아직 초기인데 이렇게 감정선이 들쭉날쭉 다양해서야 어쩌나 싶다.

오후 5시, 동료 교사에게 아이들의 컨디션과 전달사항을 이야기한 후 조기 퇴근을 한다. 얼마나 기다렸던 시간인가. 임신이 아니라면, 초기 임산부 근무시간 단축제도가 아니라면 언제 이런 호사를 누려볼까? 임신해서 일하는 것이 쉽진 않지만 이런 일상의 행복이 일할 맛이 나게 하는 거겠지 싶다.

진통은
처음이라서

"선생님, 어디야?"

"저 전철 타려고 역에 왔어요."

"실은, 정 원장님이 준비하시는 행사가 많이 바쁜가 봐. 다음 주에 행사한다고 그때 같이 보러 오는 건 어떠냐고 하시네."

"저 예정일이 많이 남진 않아서 좀 걱정되는데 그때까지 컨디션 괜찮으면 갈게요."

"알겠어, 미리 연락이 됐어야 하는데 미안해."

"아니에요, 다음 주에 볼 수 있으면 봐요."

"그래, 조심히 들어가~."

전에 함께 일하던 동료 교사와 함께 만나려고 했던 약속이

취소되었다. 이제 출산 예정일 열흘을 앞두니 외출하는 게 쉽진 않은데 특별히 다녀오려고 했던 곳이라 취소된 게 조금 아쉽긴 하다.

8월 말, 날은 덥고 해는 쨍쨍하고, 만삭 임산부는 배가 나와 걷는 게 힘들어 천천히 쉬었다가 간다. 그래도 나는 꽤 씩씩하고 활동량도 많은 건강한 임산부다. 그저께는 남편과 새벽에 산책도 하고 매트에서 운동도 하려고 애쓰고 있다.

* * *

오후 3시, 너무 더운데 배가 조금 아프다. 엄마에게 진통은 어떻게 오는 거냐고 알려달라고 하니 "배가 너무 아픈데도 화장실에서 똥이 나오지 않는 게 진통이야"라고 말해주셨다. 또 어떤 지인은 진통, 출산이 큰 똥을 누는 과정과 비슷한 느낌이라고 했는데 아직은 경험 부족이라 뭐가 뭔지 모르겠다.

얼마 전부터 배가 살살 아플 때가 있었는데 이게 진통인가 생각하고 지나갔는데 확실히 느낌이 조금 달라 부지런히 진통 체크 앱을 다운받았다. 임산부들이 주로 읽는 책에서 '가진통'과 '진진통'을 배웠기에 시간 체크를 하기 위해서다.

부쩍 바쁜 남편은 오늘도 늦는다고 했다. 혼자 텔레비전을 보다 소파에서 잠이 들었다.

"아, 밥 먹어야겠다. 근데 배가 또 아프네."

며칠 전에 아팠던 느낌이랑은 또 달라 진통 체크 앱에 체크하고 남편에게 전화를 했다.

"오빠, 배가 좀 아파, 오늘 빨리 와줘야겠어."

"나 아직 안성인데 2시간도 더 걸려."

"어, 아는데 느낌이 달라."

배가 너무 아파서 울고 싶은데 남편은 아직 멀었다니. 친구 희진이는 진통할 때 5시간이나 아파하다 아침에 가서 아기를 낳았다고 한다. 나도 진통을 견디다 가야 하나 어쩌나 생각하고 있는데 남편이 엄마한테 연락을 했는지 전화가 왔다.

"배 많이 아프니? 병원 가야할 거 같아?"

"응 전이랑 다르게 배가 아픈데 병원을 벌써 가나? 나 예정일 열흘이나 남았어, 첫째 출산이라 시간이 좀 걸리지 않을까?"

"그렇기는 하지만 혹시 모르니까…."

그렇게 통화를 몇 번 하는 사이에도 진통은 이어졌다. 처음에는 20분 간격, 17분, 14분…. 진통 시간이 조금씩 짧아지더니 10분, 7분에 한 번씩 진통을 한다.

설마 이러다 아이를 낳으려나 싶었는데 바쁜 남편 대신 엄마가 집으로 오셨고 혹시 모르니 119를 부르라고 하신다. 아기가 나오는 게 아닐 수 있으니 창피하다고 했지만 불안한 마음에 운전을 못하겠다는 엄마 말을 듣고 난생처음 119도 탔다.

혹시나 다시 올 수 있으니 짐을 간단하게 챙겼고 진통 간격이 점점 짧아지고 아픔은 더해졌다. 유튜브에서 배운 라마즈 호흡법을 실천하며 고통이 잦아들길 기다렸다.

이런 게
진진통인가봐

"후후, 숨 들이마시고 내뱉으세요."

"후~ 후~."

"초산이신데 호흡을 잘하시네요."

"네, 유튜브 보고 연습한 보람이 있네요."

구급차에서 구급대원이 진통으로 힘들어하는 나를 격려한
다. 진통은 여전하지만 잠시 잦아들 때면 대화도 가능할 만큼
상태가 호전된다.

"병원 앞이에요. 누워계시면 옮겨 드릴게요."

"아니 괜찮아요, 이제 걸어갈 수 있어요."

"그럼 같이 올라갈게요. 의료진에게 인계하는 것까지 저희
몫이에요."

"네, 감사합니다."

진통이 있긴 했지만 예정일이 남아 아기가 태어난다고는 생각하지 못했다. 119 구급차를 타고 병원을 온 게 내심 창피했지만 엄마가 함께 계셔서 안심이 되었다. 간호사에게 진통이 있어서 왔다고 하니 출산예정일을 묻고는 아직은 괜찮은 것 같다고 한다. 그러나 엄마는 "제가 아이를 빨리 낳는 편이라 저희 딸도 그럴 거 같아서요. 확인 좀 해주세요."라고 말한다.

딸은 엄마를 닮는다고 한다. 첫 딸을 낳았을 때는 잠 곁에 진통하다 조산사가 오기도 전에 낳아 할머니가 나를 받아줬다고 들었다. 나이 차이가 많이 나는 남동생은 병원 도착 후 1시간도 되지 않아 낳았다고 하니 엄마로서 충분히 불안한 마음이 들 수 있을 듯했다.

* * *

산부인과 분만실은 이렇게 생겼구나 생각하다 아기를 이곳에서 낳는지 묻자 그렇다고 했다. 텔레비전에서 봤던 차가운 수술대가 아니라 다행이라는 생각이 들었다. 평소 출산 준비를 많이 하지는 못했지만 얼마 전 산모교실에서 듣기로는 출산하기 전에 짐 볼도 탈 수 있고 좋아하는 음악도 들으며 출산 준비를 할 수 있다고 했다. 나는 디즈니 음악과 재즈 풍

음악을 듣고 싶었는데 준비를 해오지 못해 아쉬운 마음이 들었다.

"자궁 문이 많이 열렸네요. 늦었으면 큰일 날 뻔했어요."

아기를 낳아도 되는지 확인하시던 간호사 선생님이 말해주었다. 배가 아파서 확인해보러 왔는데 오늘 출산이라니. 난 아직 마음의 준비가 안 된 거 같은데…. 집 청소도 덜 끝났는데….

* * *

"무통 맞으실 거죠?"

"네, 안 아프게 해주세요. 맞을게요."

"여기에 서명 하시면 돼요."

서명을 하려던 차에 지방에서 올라온 남편이 도착했다.

"늦어서 미안해."

"오늘 아기 나올 것 같데. 오늘 낳을 줄 몰랐어."

도착한 남편에게 병원에 어떻게 왔는지 얼마나 아팠는지 이야기하던 중 진통이 다시 시작됐다.

"힘주세요, 밑으로 힘을 주셔야 해요."

"네, 힘주고 있어요."

"얼굴에 힘주시면 안 돼요."

"네…. 노력하고 있어요."

병원 도착한 지 30분도 안 되어 아기가 계속 내려오고 있다, 빨리 낳아야 한다, 아기가 숨을 못 쉬니 힘내라. 이야기를 듣고 있자니 마음은 급하고 힘을 주라니 계속 뭘 하긴 하는데 처음 해봐서 알 수가 있나. 결국, 얼굴과 눈에 실핏줄은 모두 터지고 몸은 만신창이가 되어갔다. 오늘일 줄 몰랐던 산고의 고통이 갑작스러워 어쩔 줄을 몰랐다.

"아기가 많이 내려왔어요. 이 정도 속도면 무통 안 될 거 같아요. 무통 없이 갈게요."

늦은 밤이라 마취과 선생님이 오시길 기다리던 중에 무통 주사를 맞으면 진통 느낌이 없어 오히려 분만 시간이 길어진다고 했다. 그래서 무통 주사 없이 그대로 진행한다고 이대로 잘하면 30분도 안 되서 아기를 낳을 수 있다고 했다.

"선생님, 저 수술시켜 주세요. 못 하겠어요."

할 수 있다, 할 수 없다…. 서로 그렇게 주거니 받거니 반복하며 힘을 주길 얼마나 했을까. 사람들이 말하길, 별이 보여야 아기를 낳는다는 이야기가 있던데 어떻게든 힘을 주니 머릿속이 하얗게 변하면서 드디어 해냈다.

1시간 30분. 다른 사람들은 하루 종일 해내는 걸 나는 1시간 30분 만에 해냈다. 짧은 시간이라고 한다. 그러나 나에게는 1시간이 24시간보다 길게 느껴졌다. 진통 내내 남편 머리라도 뜯고 싶었고 너무 미웠다. 그래도 어떻게 아기가 세상 밖으로 나왔다.

끝나지 않을 것 같은 진통도 끝, 아기 울음소리만이 크게 들렸다.

❀ T I P

산부인과에서 출산 시 준비물

☐ 세면도구(칫솔, 치약, 클렌징폼)
☐ 빨대 컵
  – 정말 꼭 필요한 물건이에요.
☐ 보호자 침구류
☐ 산모용 슬리퍼
☐ 물티슈
☐ (자연분만 시) 회음부 방석, 좌욕판
  – 병원 사정에 따라 개별구매나 대여가 가능할 수 있어요.
☐ 속옷, 패드(넉넉히)
☐ 각 티슈
☐ 신생아 젖병
  – 병원마다 준비된 곳도 있고 준비해야 하는 곳도 있어요. 미리 알아보세요.

＊ 화분, 꽃다발, 배달음식은 금지인 점 조심해주세요!

2

머릿속에
별이 보인대

아가야
안녕

　초산치고는 아주 잘했다고 간호사 선생님도 칭찬 일색이다. 분만 시간 내내 "너무 힘들어요.", "아파요." "잘할 수 있겠죠?", "수술 시켜 주세요."를 말하며 보냈는데 아기가 계속 머리를 밀어내면서 나오고 싶어 했단다. 효자 아기라고 했다.

　태어난 아기는 눈도 못 뜨고 만지면 부서질까 싶을 정도로 작고 연약했다. 젖을 물린다고 내 가슴팍에 대주었는데 제법 빠는 힘이 강했다. 안 먹지는 않겠다, 다행이다, 싶었다.

　아빠 한 번, 엄마 한 번. 우리에게 주어진 그 이름으로 아기를 안아보고 셋이서 사진도 찍은 뒤 아기를 신생아실로 보내 주었다.

　"안녕, 아기야 엄마가 보러 갈게."

출산 이후 누워있을 겨를도 없이 간호사 선생님이 휠체어를 가져와 태워주셨다. 도움을 받아 움직였지만 태어나 처음 느껴보는 회음부의 고통이 제법 컸다.

"아야, 아야 아악! 너무 아프네요."

"회복하는 데 시간이 걸릴 거예요."

간호사 선생님의 한마디에 더는 아파하기가 어려웠다. 아기 낳을 때 힘을 너무 준 결과였다. 아… 엄마들이 아기 낳고 치질이 생긴다고 하더니 이게 그건가 보다. 익히 들어보긴 했어도 이 정도의 고통일 줄은 몰랐다.

출산 전부터 기침 감기로 고생했는데 약을 제대로 못 쓰니 여전히 기침은 콜록콜록. 기침이 나올 때마다 엉덩이가 같이 아파왔다. 병실에 도착하면 피곤해 잠들 줄 알았는데… 나는 기침 하느라 잠도 못 자고 늦은 새벽이 되어서야 겨우 잠이 들었다.

＊ ＊ ＊

아침이 되어 남편은 일을 하러 갔다.

"일하러 안 가면 안 돼?"

"난 프리랜서잖아, 오늘은 어머님 계시니까 일하고 내일 쉴게."

"알겠어, 잘 다녀와."

출산 후 보통의 회사들은 남편에게 2주 휴가를 주기도 하던데, 우리 남편은 오늘도 일하러 간다. 친정 엄마가 와 있어서 남편 없이도 병원에서 보내는 시간이 심심하진 않다. 그저 이제 막 태어난 아기에게조차 시간을 내지 않는 것 같아 속상한 마음이 들었다.

심심하고 아프고 우울하고 복잡한 감정이 들었지만 엄마와 이런저런 이야기를 나누며 마음을 달랬다. 엄마도 나를 이렇게 낳았겠지. 그 아이가 자라 아기를 낳은 오늘도 이렇게 와주셔서 내심 감사하고 좋았다. 첫 딸이라 입을 열어 고맙다, 사랑한다, 이런 얘기는 쑥스러워 못하지만 마음속 깊이 감사했다.

나보다 10살이나 어릴 때 아기를 낳은 엄마가 대단하다는 생각을 했다. 그 시절 직업 군인인 아빠는 오랜 훈련으로 집에 돌아올 수 없었고 엄마는 시어머니와 함께 나를 낳았다고 하니 정말 어른이었구나 싶었다.

한참 감성에 빠져있는데 간호사 선생님이 오셔서 묻는다.

"소변 나왔어요?"

"아직요."

"11시까지 안 나오면 소변 줄 끼워야 해요. 물 많이 마시고 화장실 꼭 다녀오도록 하세요."

간호사 선생님이 이야기한 11시를 넘어 3시간이 지나도 소변은 나오지 않았다. 출산하느라 힘을 너무 주어 방광이 놀랐는지 화장실 가고 싶은 느낌이 전혀 없었다. 결국 소변 줄을 끼워야 했다.

"출산 후에 방광이 자기 역할을 못 하면 이렇게 소변을 배출하기도 해요. 지금부터 물 자주 드시고 화장실 2, 3시간에 한 번씩 다녀오세요."

처음 경험하는 출산 후유증에 온갖 걱정이 다 생겼다. 게다가 기침 감기에 걸린 나는 아기들에게 감기가 옮을까 신생아실로 아기를 만나러 갈 수도, 당연히 수유실도 갈 수 없었다.

출산,
그 이후

　수유할 수 없는 건 크게 신경 쓰이지 않았다. 기침하느라 잠을 못 자서 수유하러 가는 대신 잠을 더 자고 싶었기에 오히려 다행이었다. 엄마로서 모성애가 없는 건가 싶었지만, 집에 가면 누군가 해줄 수 없는 일이니 지금이라도 쉬어볼까 싶었다.

　그러나 출산 후 며칠이 지나자 마음이 바뀌었다. 다른 엄마들은 모두 수유하러 가는데 우리 아기 혼자만 배고파 울고 있는 건 아닌지, 엄마가 안 가니 혼자 속상해하고 있진 않을지 걱정스런 마음이었다. 병실에 체온 체크하러 온 간호사 선생님에게 수유를 할 수 있는지 물으니 신생아실에 물어보라고 했다.

　"저 507호인데요, 기침 때문에 그동안 수유를 못 했는데 이제 기침이 조금 멎었어요. 마스크 쓰고 가도 될까요?”

“그럼 이따 새벽에 오시겠어요? 수유 콜 해 드릴게요.”

“네, 감사합니다.”

❄ ❄ ❄

기다리던 새벽 시간. 띠링, 띠링, 수유 콜이 울렸다.

“507호 산모님, 지금 내려오실 수 있으세요?”

“네, 알겠습니다.”

내가 출산한 병원은 신생아실에 갈 때 엘리베이터를 타고 이동해야 했다. 신생아실 문을 두드리니 안쪽에 작은 수유실이 보인다. 여기가 말로만 듣던 수유실이구나.

수유 쿠션을 몸에 장착하고 아이를 받아 젖 물리는 방법을 배웠다. 아기는 며칠 만에 젖을 무는 거라 어려워했고 처음 해보는 나도 어렵기는 마찬가지다. 결국 간호사 선생님의 도움을 여러 번 받아 겨우 젖을 물렸다. 분명 태어나 처음 젖을 물렸을 때 빠는 힘이 굉장했는데. 왜 이렇게 변한 거지?

병실로 돌아와 ‘수유하는 법’, ‘출산 후 수유’에 대해 폭풍 검색을 했다. 사람들마다 말이 다르고 방법도 달랐다. 어떻게 해야 할지 몰라 혼란스러웠지만 사실 믿는 구석이 있었다. 몇 달 전 예약한 조리원이 모유 수유를 권장하고 수유하는

데 어려움이 없도록 도와준다고 들었기 때문이다. 내심 안심
되었다.

그렇게 아침저녁으로 안 되지만 수유를 시도하러 다녀왔
고, 기침 또한 가라앉지 않았지만 금방 나을 것이란 마음으로
기다릴 수 있었다.

✳ ✳ ✳

이제 병원 생활이 적응이 되나 싶을 때, 이제 좀 자볼까 하
던 순간에 시댁 어른이 오셨다. 버스를 타고 한참을 힘들게
오셨을 텐데 양손 가득 아기 옷과 간식거리를 챙겨 오셔서 너
무나 감사했다. 시댁 어른은 조금 어려운 존재였지만 마침 엄
마가 계셔 이야기꽃을 피울 수 있었다.

그리고 30분 정도 잠이 들었나, 출산했다고 아빠가 오셨고
또 30분 후에는 어머님이 1시간 후에는 아버님이 오셨다. 릴
레이도 아니고 병실 순회공연도 아닌데, 양쪽 집안 어른들이
연이어 와 주셨다. 요즘 같은 코로나 시대에는 병원 방문이
꿈에도 못 꿀 일인데 당시만 해도 어렵지 않은 일이었다.

그러나 나는 자고 싶고 눈은 감기는데, 어른들이 와계시니
잘 수도 없고. 힘든데, 힘든데…. 핸드폰으로 "오빠, 빨리 와."
하고 일하러 간 오빠를 재촉했다.

남편이 일을 마치고 오자 다들 식사를 하러 가셨다. 산모 밥은 어떡하냐고 걱정을 하셔서 병원 밥이 아주 잘 나온다고 가서 식사하시고 오라고 맛있게 드시라고 보내드렸다.

어른들이 모두 가신 후에야 침대에 누워 잠이 들었다. 나 편하라고 1인실을 선택했는데 이렇게 면회가 많을 줄은 예상 하지 못했다. 차라리 다인실을 썼어야 면회가 덜 왔을 텐데. 뭐 그런 생각을 하다 잠이 들었다.

✕ ✕ ✕

자고 일어나 화장실을 가야 할 때다.

"아야, 아야, 아야!"

일어나야 하는데 회음부의 고통이 무한 반복되었다. 출산하 며 치질이 주먹만큼 생겼기 때문이다. 걱정이 돼서 병실에 들 어온 간호사 선생님에게 "이거 언제 없어져요?"라고 물었다.

"좌욕 열심히 하시면 괜찮아져요."

"정말 없어져요? 수술해야 하는 거 아니에요?"

"내일 아침 의사 선생님 오시면 이야기해보세요."

대답은 들었지만 이렇게 큰 덩어리가 없어질 거 생각할 수 없었다. 그건 누구라도 동의할 것 같았다. 커다란 덩어리 가 침대 바닥에 닿을 때마다 곡소리가 나왔다. 아기를 낳고 며칠은 이 생활을 앞으로 어떻게 해야 하나, 아기를 낳는 것만큼이나 그 후가 힘들다던데 이 얘기를 하는 거였구나 어떻게 견디나 그 생각이 머릿속을 뱅뱅 돌았다.

TIP

회음부의 고통은 하루 이틀 안에 없어지지 않아요. 산부인과에서는 1~2회 좌욕하길 권장하셨습니다. 당장에 큰 효과는 없더라도 조금씩 좋아지니 하루 권장 횟수를 꼭 지켜서 해주세요~!

또 수술 후 무조건 누워있기보다는 몸을 움직이는 것이 좋다는 연구결과가 있습니다. 개인의 컨디션에 따라 몸을 움직이며 회복시기를 앞당기면 좋습니다.

회음부 방석
자연분만을 한 산모라면 회음부의 고통이 심하기 때문에 꼭 필요합니다. 회음부 방석은 보통은 병원에서 사용하는 것이 있으나 개인 물품이라 청결이 중요한 만큼 먼저 구입해가는 것도 좋아요.

따뜻한 하의
긴 양말. 수면 양말이나 긴바지 등으로 발과 다리를 따뜻하게 해주세요.

몸조리는
어떻게 하는 거예요?

임신을 하고 산후 몸조리가 중요하다는 이야기를 많기 들었다. 조리원을 갈까? 집에서 산후 조리를 한다면 입주 도우미가 좋을 것 같은데 불편할까? 보육학 전공자인 나는 태어나 부모와 아기가 애착관계를 형성하는 게 얼마나 중요한지 알고 있기에 어떤 방향이 좋을지 한참을 고민했다. 남편에게 의견을 묻자 편한 대로 하라는 말을 들었다. 그래서 정말 내가 편한 대로 했다. 출산 석 달 전에는 미리 잡아놓는다는 조리원 예약을 하지 않은 것이다.

지인들은 조리원에 가지 않으면 후회할 거라고, 아기가 밤새 울면 어떻게 할 거냐고 걱정했다. 그렇다. 내가 아무리 전공자이고 만 0세 반을 맡아본 교사였다고 해도 난 초보 엄마,

신생아를 만져본 경험도 없는 여자 사람일 뿐이었다. 핏덩이 같은 신생아를 데려와 아기 배꼽은 어떻게 할지 고열이 나면 어떻게 해야 하는지 하나부터 열까지 모두 잘 해낼 수는 없었다. 배워서 아는 것과 몸에서 익혀 빠르게 대처하는 것은 다른 문제였다.

출산 두 달을 남겨두고 급하게 조리원 체크 리스트를 만들고 찾아봤다. 체크리스트 항목은 묵을 호텔을 찾는 것과 비슷하다. 다만 짧게 머무는 호텔과는 다르게 조리원은 보통 1, 2주 동안 지내고 아기도 함께 있어야 하므로 조금 더 엄격하게 매의 눈을 갖고 보게 된다.

실내는 청결한지, 방에 창문은 있는지, 에어컨과 공기청정기 있는지와 같은 자잘한 것부터 아기가 지내는 신생아실은 청소를 얼마나 자주 하는지, 신생아 돌봐주시는 선생님은 몇 분이나 계시는지, 사고는 없었는지, 산모 식사는 방에서 먹는지, 아기가 아플 때 바로 달려갈 수 있는 대학 병원이나 큰 병원이 근처에 있는지, 산모가 참여할 수 있는 프로그램은 어떤 게 있는지까지 하나부터 열까지 세심하게 볼 수밖에 없다.

※ ※ ※

현명한 선택을 위해 체크리스트를 작성하고 인터넷 후기를 찾아봤다. 너무 비싸거나 병원, 집에서 거리가 먼 곳은 배제하고 경험해 본 산모들의 후기가 좋은 곳 위주로 방문을 할 수 있었다.

첫 번째 방문한 곳은 산부인과 조산사 출신의 원장님이 계신 곳이었다. 하얀 가운에 청진기를 메고 계셔서 의사 선생님인 줄 알았다. 우리 지역에서 문제없는 조리원은 우리가 최고라며 의사, 의료계 종사자나 남편이 경찰이어서 사건 사고를 많이 아는 산모들도 다른 데 놔두고 우리 조리원에 왔었다고 했다. 정말 솔깃한 입담이었다.

방을 보고 싶다고 했다. 짧게 둘러본 방은 인터넷에서 본 창이 넓고 큰 방이 있는 다른 조리원 시설과는 비교가 안 될 만큼 좁았다. 역시 가격대가 낮은 건 이유가 있었다.

두 번째 방문한 조리원은 창이 넓고 호수가 보이고 방은 우리 집 방 2개를 합쳐둔 것처럼 넓었다. 게다가 조리원 입장할 때 에어샤워 하듯이 청결하게 해주는 시스템이 있었다. 오, 마음에 든다. 사전에 조사해 둔 것이 있기에 2주 예약 시 가격을 듣고도 놀라지 않았다. 솔직히 말하자면 조금은 비싸다고 생각했다. 그러나 아기 낳으면 나에게 부리는 사치 같은 거라고 나에게 투자해도 된다고 생각했다.

그래서 내가 예약한 곳은? 처음에 갔던 가격대비 합리적인 곳이었다. 조산사 출신이긴 해도 신생아에 대해선 전문가라니 믿음이 갔다. 게다가 조리원에서 낮이고 밤이고 전문 인력이 상주한다고 하니 문제 생길 일도 없을 것 같았다. 제발 내 선택이 맞기를 바라며 험난한 조리원 예약을 마쳤다.

T I P

산후조리원 체크리스트

- ☐ 깨끗한 시설인가요?
- ☐ 조리원 주변 환경은 적절한가요?
  - 유흥업소가 있다면 소음이 발생할 수 있어요.
  - 건물 내 불을 사용하는 음식점이 있다면 화재가 발생할 위험이 있으니 피하는 게 좋아요.
- ☐ 산후조리원 직원은 몇 명인가요?
  - 간호사나 직원 한 명당 돌보는 아이는 몇 명인지 확인해요.
- ☐ 산모와 아기에게 응급상황이 생길 경우 대처 방법은 어떨까요? 또한 이동이 가능한 대학병원이 멀지 않은 곳에 있나요?
- ☐ 난방과 휴식공간은 잘 되어 있나요?
- ☐ 개별 배식인지, 밥은 맛있는지 확인해요
- ☐ 샤워시설, 좌욕, 원적외선 기계 등 산모의 회복을 돕는 프로그램이나 의료 기기가 있나요?
  - 개인 편의시설도 함께 확인해요.
- ☐ 마사지 횟수나 퀄리티가 자신과 맞는지 확인하세요.

- 운동 등 산모가 이용할 수 있는 프로그램은 무엇이 있나요?

- 금액이 합리적인가요?

- 방문객 제한은 철저한가요?

  - 코로나19 바이러스 등 위험한 전염병이 도는 시기에는 특히 더 중요하게 보아야 해요.

- 의료진 방문 횟수는 어떤가요?

- 모유수유, 분유수유를 도와줄 수 있나요?

  - 모유수유를 할 때는 가슴 마사지가 필수입니다. 횟수 제한이 있는지 모유수유 전문가가 상주하는지 확인해요.

- 신생아실 전면 개방이 되어 있거나 CCTV를 통한 확인이 가능한가요?

- 모자동실 소독 및 청소 횟수는 기본 1~2회 이상 실시하고 있나요?

- 젖병 개인 사용 여부를 확인해 주세요.

- 별도로 운영하는 부모교육 프로그램이 있나요?

  - 아기 응급상황 대처방안, 아기 목욕 방법, 조리원 퇴소 이후 생활에 대한 교육 등을 들어두면 도움이 됩니다.

조리원
입성

　다시 생각하면 하고 싶지 않을 출산 이후 병원 생활을 청
산하고 조리원 입성 길에 오를 시간이다. 퇴원 전 병원 소아
과 선생님은 아기의 건강 상태에 대해 간단한 이야기를 해주
신다.

　"아기 귀에 작은 구멍이 있어요, 알고 계셨죠? 성장하면서
없어지기도 하고 진물이 나기도 해요."

　"음낭에 물이 차 있어요. 점점 괜찮아질 거예요."

　"생후 8일 즘에 황달이 심해질 수 있어요. 검사하러 오세요."

　선생님은 아기의 머리부터 발끝까지 특이사항을 체크하여
부모로서 아이의 건강을 챙길 수 있도록 도와주었다. 당시에
는 무슨 말인지 몰라 메모하며 들었는데 2, 3일이 지난 후에

야 황달이라는 게 얼굴과 눈 색깔이 노랗게 변하는 거고, 다른 아이들도 비슷한 일을 겪는다는 걸 알았다. 짚어준 특이사항이 많아 너무 겁을 주는 건 아닌가 싶었는데, 아이를 처음 데려가는 초보 엄마 아빠가 실수할까봐 더욱 주의를 주려고 자세하고 무섭게 말씀한 건 아닐까 생각된다.

아기를 데리고 가는 날, 초보엄마 첫날이다. 아직 카시트를 준비하지 못한 우리는 행여나 사고가 날까 조마조마한 마음으로 출발해 미리 예약한 조리원으로 향했다. 마치 왕자님을 안고 있는 왕비처럼 뒷자리에 앉아 아기를 보호하며 "예쁘다.", "귀엽다."를 연신 말하는 내 모습은 도치엄마가 따로 없었다. 도치 엄마라고 해도 할 수 없다, 엄마가 되는 기분은 이런 거구나, 엄마가 되지 못했다면 알지 못했을 신비한 감정이었다.

평소의 10분 거리를 천천히 달려 조리원에 도착했다. 그런데 상담할 때 보지 못했던 조리원의 분위기, 느낌, 냄새가 낯설고 불편했다. 게다가 덩치가 꽤 큰 남편과 함께 있어야 해서 넓은 방을 달라고 요구했는데 하필 없는 것만도 못한 쓸모없는 창문이 달린 방이 아닌가!

식사하고 나니 냄새가 나는데 환기가 되지 않고, 화장실에 가서 큰 걸 봤는데도 환기가 안 된다. 저렴한 가격, 합리적인 가격이 여기서 티가 나는구나. 아, 당했다! 불평이 목구멍까지 나오는 걸 참는다. 다행히 하루가 어떻게 흘렀는지 모를 만큼 피곤해서 한참을 자며 조리원에서의 첫날이 지나갔고 그렇게 하루하루 새로운 환경에 적응해갔다.

* * *

아기가 뱃속에서 태어나면 부기가 빠질 줄 알았다. 배도 들어가고 살도 조금씩 빠져 이전 같은 몸매를 유지할 줄 알았다. 그런데, 아직도 코끼리 다리에 발바닥은 임신 때보다 더 부어있다니! 조리원에 미리 예약해 놓은 마사지를 받아보자며 나를 위로해보았다.

다음 날 아침, 남편은 출근하고 식당에서 조리원 동기를 만날 수 있었다.

"안녕하세요."

어색하게 인사를 나눈 후 조용히 식사를 했다. 임신 기간 내내 고생한 감기가 아직 나을 기미가 없는지 식사 내내 기침을 해서 마스크를 쓴 나는 더욱 말수가 적었다.

식사가 끝난 후에 삼삼오오 모여 이야기를 나누는 것 같은데 아직 회음부 통증이 있기도 하고 졸려서 방으로 들어왔다. 아직도 일주일하고도 며칠 더 남았네, 생각하고 있는데 방 전화가 울린다.

"수유하시겠어요?"

조리원에 미리 다녀온 언니들이 얘기한 수유콜이 이거였구나. 수유를 한다고 하니 처음 시도하는 나에게 부원장님이 찾아오셔서 수유 자세도 잡아주고 출산 후 4~10일 기간에만 나온다는 초유도 받아주셨다. 정말 엄마가 되었구나, 이제 젖도 나오고 아기에게 먹여주기도 하는구나. 처음 경험해보는 생소한 경험이었다.

변한 몸이
어색해

출산 전 산후조리원에 방문해 가슴 부분 마사지를 받은 적이 있다. 조리원 원장님이 내 가슴을 보고 함몰 유두인지 유두가 짧은지 아기가 물기에 적당한지 확인하는 과정이었다. 누군가에게 옷을 벗고 가슴을 훌러덩 보이는 것, 상상해 본적도 없지만 왠지 아기 엄마가 되는 첫 걸음 같았다.

사람의 얼굴 생김새가 다르듯이 엄마가 된 여자의 가슴 모양은 아기가 빨기 쉽도록 젖꼭지가 바깥으로 나올 수도 있고 때로는 안쪽으로 들어가 있을 수도 있다고 한다. 가슴 한쪽 유두가 짧은 나로서는 하루에 1번 이상 유두를 잡아당겨 아기가 빨기에 적당하게 만들어 줘야 한다고 했다. 예습을 미리해간 나로서는 다행히 수월하게 지나갈 수 있었다. 아기를 낳고 한참이 지나고서야 그런 건 다 필요 없다는, 그런 이상한 허무맹랑한 이야기를 하는 조리원은 처음이라는 이야기도 들었지만, 꽤나 그럴듯한 이야기로 기억되었다.

❋ ❋ ❋

"젖은 아기가 먹다 보면 늘어요, 물도 마시고요"

젖이 모자란 것 같다고 하니 만나는 신생아실 선생님들과 조리원 원장님이 해주신 말씀이다. 항상 먹다 보면 잠이 드는 아기를 신생아실에 데려다주며 "보충해주세요"라고 말했는데 이건 "배고파하면 분유 타서 주세요."를 뜻하는 말이다.

젖 양을 늘리기 위해 따뜻한 물, 미역국의 국물을 많이 먹었다. 몸조리하는 내내 내 손에서는 텀블러가 놓아지지 않았고 그 덕인지 붓기는 여전했지만 손과 발이 따뜻한 데다 얼굴은 뽀샤시하고, 반짝 반짝 빛이 나는 듯했다.

그러나 기침만은 멎질 않았다. 조리원에 들어온 지 일주일이 넘었을 무렵, 보다 못한 원장님이 같은 건물에 있는 내과로 진료를 가라고 했다. 조리원에 들어오면 나가면 안 되는 줄 알았는데 외출이라니! 너무 즐거운 마음에 옷을 따뜻하게 입고 병원으로 갔다.

정밀한 진찰은 아니었지만, 의사 선생님은 '임신 때부터 기침을 했다면 단순 감기는 아닐 거다, 역류성 식도염이 의심된다. 일단 약을 먹어보고 차도가 없다면 X-RAY를 찍어보길 권한다.'라고 말했다. 이런!! 막달 즈음에 힘들어서 먹고 누운 날이 며칠 있었는데 그때 생긴 건가, 그래도 관리한다고 했는데 그거 때문에 이런 사단이 나다니.

일단 약을 받아오고 조리원으로 돌아갔다. 약도 먹고 자기 전 2시간 전에는 음식도 물도 먹지 않았다. 누워서 자면 목이 자극되면서 기침이 나올 수 있다고 했다. 주의해야 할 점이 생겨 신경은 쓰였지만, 원인을 알지 못해서 무조건 힘들어할 때보다는 조금 나아진 것 같았다.

* * *

그렇게 약을 먹으며 버티길 며칠, 그래도 기침이 멎질 않아 다른 병원을 찾았다.

"폐렴이 의심되는데요. X-RAY를 찍어보면 어떨까요? 저희 병원에 없으니 출산한 산부인과에 문의해보세요."

폐렴이라니? 내가 기침을 그렇게나 많이 해서? 당황스러웠다. 산부인과와 연결된 내과에 방문하니 이렇게 말한다.

"제 부인도 같은 증상이 있었는데 항생제가 들어간 약을 먹지 않으면 기침을 잡기 힘들어요, 그런데 항생제 들어간 약은 수유를 하면 아기에게 영향도 있을뿐더러 수유 양이 확 줄어요."

더군다나 의사 선생님의 부인은 항생제를 먹은 후 수유 양이 확 줄어서 다시는 수유를 못 했다고 한다. 이제야 수유 자세도 잡고 아기와 교감하며 수유하는 듯했는데. 아기에게 젖 먹이는 일이 재밌어졌는데 약 때문에 수유를 중단하라니?! 일단은 항생제 들어간 약 대신 약한 약을 처방받아 수유하며 먹을 수 있도록 했다.

필요한 약을 먹지 않아서일까? 여전히 기침은 나아질 기미가 보이지 않았다. 오죽하면 기침도 익숙해지는 듯했다. 대신 조리원 생활은 퇴소 날짜를 앞두고 재밌어졌다.

창문이 좁아 환기가 안 되던 방은 다른 방으로 바꾸어 밤 풍경을 볼 수 있었고 아기가 신생아실에 있는 동안에는 책도 보고 회복되지 않은 회음부 통증을 잡기 위해 좌욕도 했다. 집에 갈 날이 며칠 남지 않았다고 생각하니 미리 주문하지 않은 분유도 사두어야 하고 기저귀, 아기 물품… 손가락은 주문하느라 바빠졌다.

T I P

알코올

누구나 알고 있듯이 알코올은 태아에게 매우 해로워요. 음주 후에는 그 양에 따라서 일정 시간 수유를 하면 안 되는데요. 특히나 알코올은 섭취 후 30분~60분이 지난 후 모유에 많이 섞여 나오고 음식과 같이 마셨을 경우에는 1시간, 1시간 30분이 지난 후에 많이 나온다고 합니다. 그러므로 술을 많이 마셨다면 적어도 12시간은 지나서 수유하길 권장해요.

알코올에 노출된 아기는 성장 장애와 발달 장애를 일으킬 수 있다고 하니 꼭 기억해 주세요.

카페인

하루 한두 잔 정도의 커피, 녹차는 괜찮다고 해요. 그 이상은 아이의 수면장애를 유발할 수 있다고 합니다.

매운 음식과 향신료

매운 음식은 아기에게 복통을 일으킬 수 있어요. 특히 생강, 마늘, 고춧가루 등의 향신료는 모유의 향을 변하게 해 아이가 수유를 거부할 수 있다고 해요.

조미료

아기가 복통을 일으킬 수 있어요.

담배

각종 안 좋은 물질이 들어간 담배는 아기에게 해로워요.

알레르기 유발 음식

달걀흰자, 새우, 게 등이 있어요.

홍삼, 인삼, 식혜

모유량을 줄일 수 있다고 해요.

조리원 퇴소를
기다리며

비가 부슬부슬 오는 날이었다. 태풍이 온다니 며칠 동안 비워둔 집이 걱정됐다. 안 되겠다, 우리 집에 다녀오자. 조리원 선생님들께는 양해를 구하고 몇 주만에 집으로 돌아왔다. 급하게 나와 정리가 안 된 집이라 냉장고 안에 들어있던 음식도 버리고 청소도구도 옷가지도 제자리에 갖다 두었다. 사람의 발길이 완전히 끊겼던 것도 아니고 분명, 남편이 몇 번 왔다 갔다 했는데 이렇게 엉망이라니!

너무 화가 났지만 화를 낼 수도 없는 노릇이었다. 남편도 일상이 바빴기 때문이다. 부인은 조리원에서 외출이 힘들다며 먹고 싶은 것, 필요한 것 사달라고 심부름시키고, 아기 보러 조리원에도 오라고 하지, 일도 해야지. 많이 바빴을 거다.

그래도 미웠다. 나는 배 아파 아기도 낳고 몇 달간 몸도 망가지며 희생했는데…. 목구멍까지 불평의 소리가 나왔지만 참았다.

* * *

그때 그림 한 장이 눈에 들어왔다. 결혼하고 들렀던 빈티지 소품을 파는 가게에서 사 온 그림이었다. 예쁜 아기와 부부가 마차와 함께 담긴 에드가르 드가의 그림이었다. 에드가르 드가는 여성혐오증이 있어 결혼하지 않은 인상주의 화가였지만 그림으로 표현된 여성들은 비교적 선이 고운 작품이 많았다.

예쁜 아기가 찾아왔으면 해서 사 온 그림이었다. 그렇게 원해서 가진 아기인데. 우리를 보고 찾아온 아기를 낳고 보니 출산으로 엉망이 된 몸. 뱃살과 엉덩이, 허리 살은 두 배 이상 쪄있었다. 조리원에서 집에 오는 길도 어찌나 상쾌하고 좋던지. 그러나 우리 둘이 즐기던 일상을 이젠 할 수 없다고 생각하니 너무 슬프고 속상했다.

이런저런 마음이 겹쳐 눈물이 펑펑 흘렀다. 배 아파 아기 낳았는데 살은 안 빠지고 내 몸은 마음대로 움직일 수도 없다고. 아기는 태어나 집에 와야 하는데 집은 너무 지저분하다고. 우울증이 찾아올까 무섭고 남편이 육아를 도와주지 않을 거 같다고. 마음에 쌓아두었던 이야기를 펑펑 울며 했다. 그렇게 한참을 울고 나서야 마음이 가라앉았고 조리원에 다시 가려고 했으나 푹신한 우리 침대에서 잠이 들고 말았다.

＊ ＊ ＊

상쾌한 새벽, 외박한 것이 죄스러워 도둑고양이처럼 조리원으로 돌아왔고 아무 일도 없었다는 듯이 하루를 시작했다. 지난밤 펑펑 울고 났더니 마음이 참 시원해졌다. 내 눈물을 본 남편은 마음이 무거워졌겠지만 어쩔 수 없었다. 육아의 부담감, 아빠로서의 책임감 정도는 가져야 하니까!

"어젯밤에 잘 잤어요?"

아침 인사로 시작해 간밤의 이야기들, 가장 먹고 싶은 것들을 이야기하며 조리원 동기들과 이야기꽃을 피운다. 끼니마다 만나 얼굴을 보니 각자 아기들이 어떻게 크는지 구입할 물품은 어떤 게 좋은지 공유할 수 있었고 조리원 동기가 왜 필요한지 새삼스레 생각해볼 수 있었다.

조리원에는 모자동실 이란 게 있다. 신생아실 청소를 위해 아기를 엄마 방으로 데려와 수유도 하고 기저귀도 갈며 시간을 보내는 것이다. 조리원마다 하루 1번, 2번 정도의 모자동실 시간을 갖는데 내가 도움을 받았던 곳은 아침 식사 이후,

저녁 식사 이후 2번의 모자동실이 있었다.

모자동실을 하게 되면 아기가 울어서 배가 고플 때, 춥거나 대소변을 해서 기저귀가 젖어 딸꾹질을 할 때, 갑자기 울 때 등등 도움을 최대한 받지 않고 스스로 하려고 했기에 긴장 상태로 아기들을 맞이했다.

딸꾹질을 하면 모자를 씌우거나 기저귀를 갈거나 젖을 물려주라고 배웠다. 배고파하면 수유를 하고… 아기와의 모자동실 시간은 집에 가서 혼자 지낼 나를 위한 연습시간 이었기에 일부러 긴 시간 아기와 함께했다. 1시간, 2시간, 3시간. 시간을 늘려가며 아기와 함께 환상의 파트너가 되기 위해 노력했다. 물론 혼자만의 노력이 컸지만.

조리원 퇴소 전날에는 목욕시키기, 분유 타는 법, 열이 나거나 아기가 아플 때 대처 방법을 배웠다. 목욕은 먼저 얼굴과 머리를 씻고 몸을 닦는 순서였는데 아기가 작고 부러질 것 같아 만지는 것도 부담스러웠다. 신생아실 선생님들은 능수능란한 손길로 아기의 목욕을 시켜주셨고 편안해 보이는 표정으로 잠든 아기를 볼 수 있었다. 우리도 잘할 수 있다, 남편과 파이팅을 외치며 엄마, 아빠로서의 다짐을 해본 것 같다.

happypolarbear369
따뜻한 우리 집

 77 likes

happypolarbear369 이렇게 예쁜 아기가 내게도 찾아오길♡
#에드가르_드가 #명화 #인테리어 #소망

3

세 가족이
되었습니다

아기와 함께
집으로

　퇴소 날이다. 이전 날 새벽에 『삐뽀삐뽀 소아과』 책도 보고 돌아오지 않을 자유 시간을 추억하느라 늦게 잔 탓에 피곤이 밀려온다. 함께 지낸 조리원 동기들과 선생님들께 인사를 건네고 아기를 바구니 카시트에 눕혀온다.

　아기가 인형은 아니기에 조심조심, 처음 누워보는 카시트가 불편한지 엥 하다 잠이 든다. 혹시나 매연이 아기 입과 코로 들어가진 않을까 노심초사하며 주차장을 걷는다. 영락없는 초보 엄마 모습이라 스스로 웃음이 난다. 남편과 함께 기분이 이상하다며 아기랑 집에 가는 게 맞는지 여러 번 이야기하다 집에 도착했다. 아기가 집에 오는 첫날이라 집 안 청소와 환기를 시켜야 했기에 친정엄마에게 부탁을 드렸다.

작고 작은 아기, 신기하고 이상한 느낌이다. 친정 엄마는 나를 쉬라고 하고는 집안 이곳저곳 청소해주신다. 당분간은 엄마와 산후도우미 분의 도움을 받아 아기 케어를 할 수 있어 감사한 시간이다. 귀엽고 작은 아기는 울지도 않고 집에서의 적응 시간을 가졌다. 밤에는 열이 날까 수시로 체온계를 들었다 놨다 기저귀도 확인하고…. 그렇게 시간이 어떻게 갔는지 모르겠다.

* * *

2~3시간에 한 번씩 깬다고 하는 아기는 처음 1, 2주는 나를 재우지 않았다. 젖을 먹여도 분유를 먹여도 계속 울고 내 품에서만 잠들기를 원해 소파에서 앉아 잠들기를 여러 번. 너무 피곤한 나날이 지나고 나서야 아기도 나도 적응할 수 있었다.

조리원에서 약 1주, 2주의 시간을 보내고 돌아와도 임신 이전의 몸 컨디션은 아니었다. 아기는 돌봐야 하고 앞으로 어떻게 해야 할지 막막한 마음에 도우미 이모님을 부르는 경우가 많다. 조리원에서도 도우미 이모님을 부르는 걸 추천했다. 이모님이 계신 1주 동안에는 쉬면서 아기는 어떻게 돌봐주시는지 보고 체력과 건강을 챙긴 2주 차부터 이모님과 함께 아기 돌보기를 추천했다.

지역마다 다르겠지만 최근에는 출산 후 산후도우미의 도움을 받을 수 있도록 정부에서 보조금을 지원해주는 제도가 있다. 1~3주 기간 동안 산후도우미를 고용하면 지불할 금액의 일정 금액을 정보에서 보조해주는 것이다. 맞벌이 부부인지 한 부모 가정인지 등 각 가정의 경제상황에 따라 다르지만 지원받을 수 있는 것 자체가 너무 감사한 일이다.

덕분에 3주 동안 산후도우미의 도움을 받을 수 있었다. 첫날에는 집에 오셔서 이것저것 만들어 주시고 청소도 해주셨다. 장 봐둔 것도 없고 첫날이라 생소하실 것 같아 동네 반찬 가게에서 식사를 배달시켜 먹고는 이런 저런 이야기를 나누며 친해졌다.

푸근한 인상의 선한 마음을 가진 분이었다. 그래서 이모님이라고 부르는 걸까? 출산도 처음, 산후 조리도 처음인지라 어떻게 해야 할지 막막했는데 산후 도우미 이모님의 도움을 받아 적응할 수 있었다. 게다가 이모님이 계신 시간 동안에는 잠도 푹 자고 밥도 제대로 먹을 수 있으니 얼마나 편안한가! 이모님이 오시기 전에는 아무래도 집에 외부인이 오는 것이 익숙하지 않아 걱정이 됐지만, 막상 함께 있는 시간에는 내 몸 피곤해 그런 걱정은 할 수 없었다. 게다가 집에는 가져

갈 물건도 딱히 없었고 중요한 물품은 내가 머물고 있는 방에 꼭꼭 숨겨두어 불안하지 않았다.

이모님은 출근 후 옷을 갈아입고 거실과 아기가 생활하는 공간을 청소기로 깨끗하게 해주셨고 휴지통을 비워주시기도 했다. 그런데 문제는 우리 아기가 낮에 잠만 계속 자면서 생겼다.

TIP

아기가 처음 집으로 오는 날 챙겨야 할 물건으로는 무엇이 있을까요?
바깥 날씨에 따라 아기에게 입힐 옷이 달라져요. 옷을 입히고 겉에는 겉싸개나 큰 이불로 바깥바람을 막아주는 것이 필요해요. 여름에 태어나는 아기라면 폭신한 속싸개가 필요 없을 수 있어요. 부드러운 아기용 목욕 타월로 싸고 오는 것도 괜찮아요. 비싼 겉싸개는 이불로 사용할 수 있으니 다양한 용도를 생각해 구매하셔도 좋아요!

아기용 카시트가 준비되어 있나요?
아기가 사용할 카시트는 기본적인 카시트와 손에 들고 이동이 가능한 바구니 카시트가 있어요. 미리 준비하여 아기가 카시트에 탑승할 수 있도록 도와주세요! 조리원 퇴소 시에는 아기가 매우 작아 카시트 공간이 남습니다. 겉싸개나 타월 등으로 아기의 머리가 흔들리지 않게 해주세요.

아기가 지낼 공간은 청소되었나요?

산모가 1, 2주 자리를 비운 집은 먼지가 쌓여 있기도 해요. 산모를 제외한 다른 분이 주기적으로 청소를 해두고 아기가 오기 전날이나 당일 아침에는 창문을 열어 먼지를 제거하여 아기가 지낼 공간을 깨끗하게 해주세요. 부부가 함께 움직여서 꼼꼼하게 청소할 시간을 내기 어렵다면 도우미 이모님께 부탁드려도 좋습니다!

깨끗한 집에서 아기가 생활할 수 있도록 미리 준비하면 좋아요.

아기가 사용할 기본적인 용품은 구비되었나요?

기저귀(조리원 퇴소 시 조리원에서 사용하던 브랜드를 알아두어 구입해두면 좋아요), 분유(조리원에서 먹던 것을 메모해 구입했어요), 젖병, 젖병 세정제, 세척솔, 아기 옷, 속싸개, 세탁세제, 아기 침대나 이불, 체온계 등 아기에게 필요한 것들을 미리미리 준비해 두세요. 아기는 밤낮을 가리지 않고 울기도 합니다. 이때 필요한 물건이 없다면 무척 난감하고 아기에게도 미안해집니다. 당황스러운 일이 생기지 않도록 아기에게 적합한 준비물을 챙겨두세요.

나도 이모님도
서로가 처음이라

아기는 낮에 계속 자고 먹고 다시 자는 일상이 반복됐다. 도우미 이모님은 소파에 앉아 잠드는 경우가 많았고 밤에 아기 보느라 지친 나는 그런 이모님이 불편하게 느껴졌다.

준비해주신 음식도 입맛에 맞지 않았다. 속으로 동네 반찬 가게에서 사다먹는 게 나을 것 같다고 생각하며, 이모님께 고구마맛탕을 만들어 달라고 부탁드렸다. 그런데 고구마맛탕을 만드느라 기름을 다 쓴 이모님이 기름을 새로 꺼내 달라고 하셨다. "기름은 위쪽 선반 위에 있는데 저보고 꺼내라고요?"라는 말이 목구멍까지 나오는 걸 꾹 참았다. 이모님께 아직 산후 관리 중이라 움직임이 어렵다고 말씀드리고는 의자를 내어드리며 올라가서 위쪽 선반에 있는 기름을 꺼내면 된다고 말씀드렸다.

어느 도우미 이모님은 냉장고 문도 못 열게 한다는데…. 내가 스스로 잘 꺼내먹고 잘 해주다보니 날 너무 쉽게 생각한 건가? 산후 도우미 이모님의 도움을 받은 지인들에게 조언을 구했다.

"그건 말도 안 된다."

"보통은 선반 위에 올라가는 건 시키지 않는다."

"조금 더 지켜보고 다른 분으로 교체하는 것도 생각해봐…."

"그럴 수 있긴 한데 불편했겠다."

다양한 의견이 있었고 내 감정과 상황에 많이 공감해 주었다. 그러나 생각해보면 내가 아파서 병원 갈 때마다 안심하고 아기를 놓고 가는 건 이분이 계시니 가능한 일이다. 구관이 명관이라고 기존에 하던 분이 나을 수 있다는 얘기도 있었다. 그렇게 하루 이틀 더 고민했다. 하지만 더 이상은 함께 있기가 불편해서 이분과 이야기를 하지도 부탁을 드리지 않는 내 모습이 보였고, 산후 도우미 업체와 협의 하에 다른 분으로 교체했다.

※ ※ ※

새로운 이모님이 오신 첫날은 이전 산후도우미 분과 이러한 일이 있었다는 걸 밝히고 서로 조심해야 할 것들을 말씀해 드렸다. 새로 오신 산후도우미 이모님은 "나이가 좀 있고 오래 일하신 분들이 비슷한 이유로 교체를 당하시는 것 같아요, 이런 경우가 많아 업체에서도 저를 자주 보내시더라고요."라고 말했다. 나와 같은 사유로 도우미 교체를 했던 산모들이 여럿이었나 보다.

조금 불편한 첫날이었지만 새로 오신 산후 도우미 이모님은 손도 빠르고 만들어주신 반찬도 내 입맛에 딱 맞았다.

"국간장이 없네요? 국간장이 있으면 음식에 감칠맛 내기 좋으니까 하나 사다 둬요."

"네, 알겠습니다."

나름 소금은 트뤼프(truffe), 히말라야, 천일염…을 비롯해 6가지나 있었는데, 꼭 필요한 국간장이 없었던 모양이다. 새 이모님은 이렇게 살림에서 부족한 부분도 이유와 함께 꼼꼼하게 짚어주셨다. 아기에게는 친구처럼 노래도 불러주고 이야기도 많이 해주셨다. 이 시기의 엄마는 마음이 우울해질 수 있는데, 이모님이 엄마처럼 노래도 불러주고 이야기를 조잘거려 주셔서 참 감사했다.

며칠 후, 이모님이 아기 물품이 가득한 창고 방을 가리키며 "저 방은 아기 방이에요?"라고 물었다. "네, 아기 물품이랑 이것저것 넣어두다가 지저분해졌어요. 정리해야 하는데 아직

엄두를 못 내고 있어요."라고 답하자, "그럼 다음 주 쯤에 같이 해봐요."라며 새로운 일을 제안 주셨다. 속으로 내심 고마웠다. 이렇게 일을 찾아서 해주시는 분이라니!

다음 주까지 기다릴 수 없어 이튿날 창고 방을 정리하다 아기 옷을 꺼내왔다. 박스에 정리해 둔 아기의 옷 중에서 몸에 딱 맞는 옷, 겨울에 입힐 외투, 여름 티셔츠, 바지를 밖으로 꺼내두었다. 선물 받은 옷과 새 옷처럼 깨끗한 물려받은 옷, 얼룩이 조금 있는 옷까지 모두 꺼내 두니 양이 꽤 많았다. 그래도 지난 임신 기간 동안 수많은 물건을 관리하며 정리의 달인이 되어봤기에 어느 정도는 자신 있었다. 게다가 도우미 이모님이 계시지 않는가?!

그렇게 정리하기 위한 옷을 식탁 위에 자르르 꺼낸 순간, 아기가 으앙 울었다. 우는 아기를 이모님이 안아주고 달래주셨다. 잉?! 내 의도와 달라졌잖아. 이모님이랑 같이 정리할 생각으로 모든 옷을 꺼내왔는데···. 이미 엎어진 물처럼 식탁 위에 널브러진 옷을 하나씩 정리하며 빨리 아기가 자기만을 기다렸다. 혼자 정리하는 일은 생각보다 고됐다. 이렇게 평소에 많이 깨어있질 않는 아기인데 엄마가 일하는 중인 걸 아는 건지 좀처럼 잠들지 않았다. 후···.

정리가 막바지에 이를 때쯤 아기는 잠이 들었고 그제야 자유로워진 이모님이 나머지 정리를 함께 해주셨다. 내 의도와는 달랐지만 그래도 무수히 많은 아기 옷 정리가 끝나질 않았는가?! 이모님이 계시지 않았다면 창고 방을 볼 때마다 한숨만 쉬며 지냈을 지도 모르겠다. 과정은 힘들었지만, 작은 것 하나 하나 챙기며 정리해 본 날, 나에게 칭찬하고 싶은 날, 그리고 이모님께 감사하는 날이었다.

TIP

이모님과의 첫 만남

조리원에서 약 1주, 2주의 시간을 보내고 돌아와도 임신 이전의 몸 컨디션은 아니지요. 하지만, 아기는 돌봐야 하고 앞으로 어떻게 해야 할지 막막할 수 있어요. 그래서 도우미 이모님을 추천하는 경우가 많습니다. 이모님이 계신 1주 동안에는 쉬면서 아기는 어떻게 돌봐주시는지 보고 체력과 건강을 챙긴 2주 차부터 도우미 이모님과 함께 아기 돌보는 것을 하기를 추천한다고 하네요. 그렇지만 역시 개인의 경험과 체력에 따라 선택해서 하는 게 좋겠지요? 만약 이모님과 함께한다면 무엇을 준비하는 게 좋을까요?

출산을 하고 나면 감정 기복이 있을 수 있어요. 누군가의 불쾌한 행동이 나를 힘들게 할지도 몰라요. 나의 성격과 스타일, 하지 않았으면 좋겠다고 생각하는 것을 먼저 메모해보세요. 그리고 도우미 이모님께 꼭 바라는 것을 다시 메모하세요.

저는 이모님이 아기 돌보는 것과 집안 정리를 해주시는 것을 원했어요. 음식 맛을 내는 것은 사람마다 입맛이 다를 수 있어 부탁드리지 않았어요. 말을 통해 전달하는 것도 좋지만 오해가 생길 수 있으니 메모를 통해 전달하는 것도 좋은 방법이라 추천해요.

정부 보조 산후도우미 신청하기

방법 1.
출산 전, 보건소에 방문하여 거주하고 있는 지역의 임신 출산 예정인 산모에 대한 혜택과 소득수준에(건강보험료 관련) 따른 지원금액을 알아볼 수 있어요.
이때, 지역 내에서 이용 가능한 산후 도우미 업체의 리스트도 받을 수 있어요!

방법 2.
복지로 사이트(online.bokjiro.go.kr)를 통해 정부지원 도우미를 신청할 수 있어요.

방법 3.
출산을 이미 경험한 지인이나 지역 내 맘카페의 도움을 받아요. 지역 내 맘카페에서는 "산후 도우미 분 추천해주세요"라는 글을 자주 볼 수 있어요. 업체는 많이 있지만 믿을만한 업체는 지인으로부터 받고 싶은 마음으로 알아볼 수 있지요!

저 또한, 방법1과 방법3을 통해 업체를 선정하고 산후도우미 분을 구할 수 있었어요. 지인에게 산후도우미 추천도 받았지만 산후조리 시기나 지역이 다를 수 있으니 다양한 정보를 통해 준비해두세요.

이모님,
안녕히 가세요

　이모님이 우리 집에서 일하는 마지막 날이다. 이모님과 계약한 기간이 다가올수록 내 마음에선 "이모님이 한 주 더 계시면 좋겠다."와 "아니다, 아기랑 나랑 둘이 지내고 싶다."라는 두 마음이 공존했지만 결국에는 혼자 있기로 마음먹었다.

　이모님 근무 마지막 날, 아기 옷도 바꿀 겸 백화점에 다녀왔다. 화려한 색깔의 운동화도 골라 나에게 출산 선물로 주고, 고생하신 산후 도우미 이모님께 드릴 선물도 샀다. 선물은 마지막 감사 인사를 하며 드렸다. 첫 번째 도우미 이모님과의 마찰 후 만난 분이기에 더욱 진한 정이 느껴졌다.

　"이모님, 그동안 감사했어요. 초보 엄마라 모든 게 어려웠는데 많이 배웠어요. 다음에 저희 아기 좀 봐주실 수 있나요?

주말이나 평일에 연락드릴게요."

이모님은 흔쾌히 그러라고 했다. 휴, 다시 연락드릴 일이
몇 번이나 있겠나 싶지만 마음 한 구석이 안심이다.

* * *

주말 아침, 남편은 출근하고 이모님도 안 계시는 첫날이다.
이모님이 엄마들이 혼자 있는 주말에 문자들이 많이 온다고
연락해도 된다고 했는데…… "나는 씩씩하니 다른 엄마들보
다는 잘할 거야!"라고 혼자 다짐하며 하루를 보냈다.

아기 수유를 하며 핸드폰을 들었다 놨다. 어디 전화 올 데
는 없나, 누가 연락이 오나 기다리고 라디오를 틀고 음악을
듣고… 아기랑 시간 보내는 게 익숙하지 않은 초보엄마는 심
심해서 누군가 찾아오기를 바랐다. 마음 한 구석으로는 "친구
가 찾아오면 좋겠다." 싶기도 하고, "주말인데 갑자기 누구한
테 오라고 하지?"라며 연락해볼까 하는 생각도 했다.

그러다 아기가 잠들고 침대 한 쪽에 몸을 뉘였다. 괜찮은
줄 알았는데 누워있으니 어깨고 허리고 쑤셔서 눈가가 촉촉
이 젖어버렸다. 그간 얼마나 아기를 수월하게 봤는지 아기
재우는 게 왜 이리 쉬워 보였는지… 어디 몸만 힘든가, 한편
으로는 밤에도 아기 보는 집순이가 되었는데 낮에도 밖에 놀

러갈 수 없다는 게 억울했다. 사소한 감정의 노예가 되는 듯했다.

"언제 와?"

"응, 가고 있어."

"올 때 먹을 것 좀 사 와."

"뭐 사갈까?"

"모르겠어, 먹고 싶은 건 없는데 무언가 먹고 싶어."

엄마들이 왜 육아 퇴근 후 야식을 시켜먹는지 알 것 같다. 보상이 필요했다. "나 오늘도 열심히 일했어, 아무도 알아주지 않지만. 아기는 계속 울었고 말해도 듣지 못 해. 그렇지만 나는 보상이 필요해!"라고 마음이 외치는 듯했다.

* * *

일을 마친 남편은 두 손 가득 음식을 싸 들고 왔다. 한참을 먹고 나서야 아기가 사랑스러워 보였다. 남편과 이야기도 나누었다.

"나 너무 먹은 것 같아, 살도 빼야 하는데. 엄마가 되는 건 정말 쉬운 게 아냐."

"맞아, 오늘 어땠어? 이모님 없는 첫날이었잖아."

"응, 잘 지냈어. 아기가 똥 3번 싸서 닦아주고 다시 울어서 안아주고. 정신없어서 밥도 먹는 둥 마는 둥⋯."

"고생했어, 내가 간식 셔틀 해줄게, 당분간만 고생하자."

"응, 나 많이 먹어야겠어, 당분간은 먹는 게 필요해. 나 그래도 좀 잘하지 않았어? 다른 엄마들은 이모님한테 문자 엄청 보낸대. 나는 하나도 안 보냈지!"

이모님한테 잘 보이고 싶었나보다. 문자 한 통은 보내도 될 텐데 씩씩한 엄마이고 싶은 마음에 오기로 버틴 것 같다. 그러나 덕분에 이렇게 홀로서기에 성공했다.

이제 고마웠던 이모님은 "안녕, 안녕!"이다.

엄마의
작은 기쁨

"응~ 아기야~ 엄마가 도와줄게."

"으앙" 하고 아기가 울면 자동적으로 몸이 움직인다. 백일도 지났으니 이제 푹 자면 좋겠지만 5~6시간 정도면 배고파하는 아기를 위해 한 번씩은 일어나 살펴보게 된다.

졸린 눈을 비비고 피곤한 몸을 일으켜 수유한다. 너무 힘든 날은 베개를 한가득 쌓아두고 그 옆으로 몸을 기댄 채 있으면 편안해진다.

"아기야, 조금 더 먹어봐."

조금 더 먹기를 원하는 엄마를 뒤로 한 채 아기는 잠에 빠졌다. 하얗고 보드라운 살결, 따뜻한 아기. 새벽에 일어나는 게 피곤하지만 아기를 안을 수 있는 특권이 나에게 생긴다.

아빠는 절대 모를 느낌이다. 아빠는 새벽에 일어나본 적이 없다. 조리원에서 돌아온 후 익숙하지 않은 환경에 아기가 낑낑댈 때를 제외하곤 어찌나 잘 자는지 '쿨쿨이'라고 부르고 싶을 정도였다.

"나도 더 자고 싶은데, 나도 피곤한데…."

처음에는 나만 아기를 돌보는 것만 같아 답답한 마음이 한가득이었지만, 아기가 백일이 지난 지금은 아기가 크는 게 아쉬워 꼭 껴안고 자고 싶다. 하지만, 아기는 교육받은 대로 배우고 세상을 알게 된다. 내가 좋고 편하다고 아기를 꼭 안고 잔다면 교육되지 못할 것이고 혼자 누워 잘 때의 느낌을 불편해하며 더 안아달라고 보챌지도 모른다.

내가 좋아서 하는 것과 아기에게 필요해서 해주는 것을 분별하는 게 필요할 것 같다.

한편으로는 요즘 팔목이 시큰거리고 뼈 소리가 자주 들려 팔목 보호대는 필수다. 선배 맘들이랑 만나면 지금이 그래도 편한 시기라고 한다. 나는 속으로 "나중은 얼마나 더 힘들다는 거지?"라고 생각했다. 다행히, 선배 맘들의 말이 다 똑같지는 않았다. 아기 혼자 앉아있을 수 있는 시기가 더 좋다는 사람도 있었다. 나는 지금을 조금 더 그리워하게 될까, 아니면 앞으로도 계속 행복해질까? 아기와 함께하는 지금과 미래를 생각해본다.

✿ ✿ ✿

뿌지직. 뿡!

아기가 대변을 누었다. 엄마는 아기가 대변을 누면 빠르게 알아차린다. 맡아본 사람은 안다. 아기의 대변 냄새는 방귀 냄새와 다르게 시큼하다. 아빠는 아직도 아기의 대변을 불편해하는 모습을 보인다. 부정적 감정을 주었을 때 배변훈련이 힘들어 질 수 있으니 긍정적으로 대해 달라고 부탁했다.

이제는 아기의 대소변 같이도 꽤나 재미있다. 맘 카페에 가면 엄마들이 "우리 아기 대변 상태 좀 봐주세요."라고 써두곤 똥 사진을 올려 건강 상태를 확인받는다. 소아과에 갈 때면 사진을 찍거나 직접 가져가기도 한다고 들었다. 심지어 우리 아이 똥 솔루션이라는 분유회사에서 만든 앱도 있다. 아기는 작고 소중하다. 이런 연약한 몸에 함부로 의료기기를 장착하기가 어려워 몸에서 나오는 대변으로 건강을 확인할 수 있는 듯하다.

어쨌거나, 나는 이 작고 귀여운 아기에게 오늘도 반하고 만다. 까르르 웃어주면 힘듦이 사르르 녹아버린다. 세상 모든 엄마들이 이 맛에 키우는 게 아닐까. 오늘도 아기의 웃음을 보기 위해 아이 앞에서 재롱떠는 엄마가 되고 만다.

초보맘을 위한 추천 앱

baby time

아기가 언제 먹고 자고 배변했는지 기록해서 패턴을 익힐 수 있게 도와줘요. 간단한 SNS 기능이 있어 다른 엄마들의 공유한 글도 볼 수 있고, 판국 표준성장도표에 따른 아기 성장 상태도 체크할 수 있어요.

울지마 내아기

아이를 달래거나 재울 때와 같이 백색소음이 필요한 순간에 유용해요. 앱을 닫아도 소리가 끊어지지 않아 핸드폰을 계속 사용할 수 있다는 것도 큰 장점이에요.

헬피

예방접종 도우미 앱이에요. 예방접종 알림 및 조회가 가능해 바쁜 육아맘에게 도움이 됩니다.

열나요

아이의 체온과 투약 사항을 기록할 수 있어요. 정확한 체온 재는 법과 현재 유행하는 질병도 확인할 수 있어 더욱 유용해요.

수유 쿠션이
나의 친구가 될 줄은 몰랐다

"아야, 아야, 엄마 아파."

엄마인 나는 알아듣지 못하는 아기에게 하소연한다. 아기는 엄마의 젖이 더 먹고 싶지만 수유 양이 부족한 건지 한참을 물고 당긴다. 화가 나고 도저히 안 되겠다는 감정이 일어 침대에 아기를 내려놓고 물 한잔을 마신 후에야 진정할 수 있었다.

아기에게도 기분전환이 필요해 보여 식탁 위의 아기용 의자에 앉혀 분유 타는 것을 보여주니 기다리고 노는 모습이다. 소리 나는 딸랑이를 쥐여주고 잠시 노는 틈을 타 마무리하지 못한 거품이 남아있는 아기 젖병을 세척해 걸어둔다. 설거지할 때는 수유 쿠션을 빼두고 해도 되는데 어차피 또 착용해야 하니 허리춤에 그대로 둔다.

"으앙, 으앙, 으앙."

엄마를 기다리다 한계가 온 아기는 울어버린다. 아기를 달래며 다시 냠냠 분유도 먹이고 잠들 준비를 시켜준다.

지난주에 아기를 보러 온 친정엄마는 "너는 꼭 그걸 사용하더라~ 그냥 안으면 되지 않니?"라고 말한다. 과연 그럴까? 매일 8kg가 되어가는 아기를 들었다 났다 10번도 넘게 반복하며 어깨와 팔이 남아나질 않는데, 잠시라도 팔목에게 자유를 주어야 하지 않을까? "이게 얼마나 편한데! 손으로 바로 안으면 팔목도 아픈데 여기에 눕히면 팔목도 덜 아프고 손도 자유롭고~." 그러나 수유 쿠션을 써보지 못한 엄마는 좀처럼 육아 용품의 편리성을 모른다.

"엄마! 요즘은 육아 아이템이 육아의 절반이야. 얼마나 좋은 제품이 많은데~. 이거 말고도 외출용 젖병은 씻지 않고 바로 먹이고 버릴 수도 있고 아기 앉힐 수 있는 의자도 정말 종류가 많아."

"너랑 민수 키울 때는 이런 것도 없었는데 참 좋은 세상이다."

아기는 나와 함께 놀고먹고 다시 또 놀다 밤 11시가 다 되어서 잠이 들었다. 혹여나 아기가 깰까 숨죽여 아기 침대를 빠져나온다. 텅 빈 거실에 나와 소파에 앉아본다. 아기가 깰지도 모르니 여전히 수유 쿠션을 푸르지 못하고 앉아있는데 몇 달 사용했다고 낡은 쿠션이 눈에 보인다. 말도 못하고 생명도 없지만 고맙고 짠하다.

중고로 데려온 내 수유 쿠션은 편리성을 생각한 디자인이라서 허리에 버클을 끼워 착용하고 다닐 수 있다. 가끔은 아기를 쿠션에 앉혀 내 힘을 덜어주기도 한다. 그런데, 이렇게 오랫동안, 시도 때도 없이 허리에 붙어있게 될 줄 몰랐다. 알았다면 중고로 가져오기 보다는 새 제품으로, 내가 원하고 좋아하는 예쁜 디자인으로 구입했을 것이다. 그래도 이 낡고 때 묻은 수유 쿠션에게 고맙다고 전하고 싶다.

다른 집에서 우리 집으로 처음 왔을 때, 우리 아기를 처음 눕혔을 때, 설거지하며 물이 튀었을 때도 나와 함께 해주어 고맙다. 아기가 태어나고 아기와 함께하는 시간이 많아져 친구가 많이 없어졌지만, 오늘 새로운 친구를 사귄 것 같다.

새 친구와 다른 육아용품들에게도 정성을 다해 살펴봐주

어야 하겠다. 다시없을 나의 시절, 둘째 아기를 낳는다면 다시 또 주어지겠지만 그때는 지금의 이 마음이 아니리라. 지금은 나와 아기의 귀한 시간이니 이 시간 좀 더 살뜰하게 챙겨 보자고 다짐해본다.

T I P

수유 쿠션에 대해서

모든 엄마들이 모유수유를 하진 않아요. 모유가 나오지 않거나 상황이 여의치 않아 분유를 먹이는 경우도 있으니 수유 쿠션은 미리 사지 않아도 좋아요.

산후조리원을 간다면, 조리원에 산모가 사용할 수 있는 여분의 수유 쿠션을 준비해둡니다. 사용하며 아기가 편안해하는지 산모 본인이 불편해진 않은지 체크해보면 좋습니다!

수유 쿠션은 많은 브랜드가 있습니다. 좋아하는 브랜드, 재질, 색상에 따라 선택이 가능하고 스타일도 많이 다르니 착용 기회가 있다면 꼭 해보고 구입하세요! 저는 버클이 있고 높이가 다른 제품보다 높은 수유 쿠션을 사용했어요. 착용 시에 더 편안하게 사용했습니다.

모유 수유를 하지 않는 아기, 쌍둥이 엄마에게는 UFO쿠션을 추천합니다. 아기가 태어나 몇 달이 지나자 이 제품을 사용하지 않은 것이 후회됐어요. 아기가 젖병을 물고 누워있는 동안 자잘한 집안일을 챙길 수 있는 기회였을 텐데. 시간이 아까웠어요. 하지만, 엄마 품에 안겨 엄마 곁에서 시간을 보내는 것이야말로 아기에게 행복한 시간 아니겠어요? 그래도 선배 맘들이 모두 추천하는 제품이라 남겨보아요.

happypolarbear369
따뜻한 우리 집

❤️ 82 likes

happypolarbear369 요즘 나의 절친. 항상 든든히 곁에 있어 줘서 고마워 :)
#내친소 #수유 쿠션 #초보맘 #육아템

어린이집 교실과 우리 집 거실 면적이 다르진 않은데?

교사 생활을 하며 지겹고 어렵지만 꼭 해야 하는 건 교실 청소였다. 내 집, 내 방 청소는 미루면서 교실 청소는 미룰 수 없었다. 아이들이 매일 이곳저곳 다니면서 흘리고 만지는 구석구석을 쓸고 닦지 않으면 생길 수 있는 각종 질병도 걱정되고 많은 아이들이 걷고 뛰어다니며 생활하니 생기는 먼지를 감당하기가 어려웠다. 그래서 아무리 바빠도 청소는 꼭 해야 하는 것이었다.

내 아기가 태어나면 동일하게 할 수 있을 줄 알았다. 쓸고 닦고 아기가 만지는 놀잇감 하나하나 다 세척할 것을 예상했다. 그래서 좋다는 젖병 세정제, 장난감 소독액, 청소도구도 구비해 두었다.

그러나 아기가 커갈수록 낮잠시간에 누리는 꿀맛 같은 휴식시간에 설거지를 하고 청소기를 돌리는 행위는 위험했다. 아기가 자다 깨면 다시 재우기까지 오래 걸렸기 때문이다. 이후 청소기 대신 청소포를 사용해 먼지를 쓸어낼 때가 많았고 장난감은 밤에 씻을 때가 많았다.

장난감을 소독하는 횟수도 줄어들었다. 장난감을 살균 소독하는 상자가 왜 나왔는지 가격이 저렴하지 않은 이유도 알 수 있었다. 그럼에도 사고 싶었고 한참 들여다보고 살지 말지 고민했다.

＊ ＊ ＊

어린이집 교실에선 영역별로 나누어 놀잇감을 놓고 깨진 건 없는지 아이들에게 위험한 것은 없는지 항상 살폈는데 엄마가 되어 피곤하고 힘들다는 이유로 방치할 때가 있었고 이렇게 게으른 사람이 엄마라는 사실에 한심스러울 때도 있었다. 교사엄마라고 별다른 건 없었다. 오히려 더 지저분하게 지낼 때도 많았다. 이건 내 경우에만 그런 걸까?

주변 지인들을 만나보니 개인차가 있긴 했다. 성격이 워낙 깔끔하고 위생개념이 철저한 엄마는 직업과 관계없이 아침저녁으로 쓸고 닦는다고 했다. 내 몸이 부서져도 새벽 늦게까지 거실을 말끔하게 청소하는데 아기가 밥 먹을 때 흘리는 것이 눈에 거슬려 아이 스스로 먹기보다는 자신이 떠먹여 줄 때가 많다고 했다.

교사로서 맡은 아이들에 대한 태도나 사랑처럼 내 아이에 대한 애정의 크기가 결코 작은 것도 아닌데 스리슬쩍 넘어가려는 내 태도가 마음에 들지 않았다. 그렇게 나는 현실과 타협하고 있었다. 교실과 우리 집 거실의 면적이 크게 다르지도 않았는데 그저 내 상황과 마음이 달라졌을 뿐이었다.

TIP

놀잇감 세척 방법

헝겊이나 털로 된 놀잇감
먼지를 자주 털어주고 세탁 후 햇빛에 널어 소독합니다. 미세먼지가 심하거나 장마 기간에는 세탁 후 건조기 사용해주세요.

나무 재질 놀잇감
젖은 수건으로 닦은 후 마른 수건으로 닦아 건조해요.

플라스틱 실리콘 놀잇감
비눗물로 세척한 후 물로 헹구고 마른 수건으로 닦은 뒤 그늘에서 건조해주세요. 햇빛에 말리면 색이 바뀔 수 있어요. 부드러운 장난감은 아이들이 목욕할 때 함께 씻어주면 즐거운 놀이가 될 수 있어요.

금속 장난감
쉽게 녹이 슬거나 페인트가 벗겨질 우려가 있어요. 절대 물에 담가 세척하지 않아요. 물수건으로 닦거나 비눗물로 세척한 후 깨끗이 헹구고 마른 수건으로 꼭 닦아주세요.

아기매트 등 PVC 재질 제품
유아매트, 놀이매트 등 아이들 놀이공간에 많이 쓰이는 pvc 제품은 습기와 압력에 약해요. 제품 내부는 면으로 되어 있어 제품 속으로 습기가 들어가는 것을 막아야 하는데요. 만약 젖었다면 벗겨서 그늘에 말리는 것이 좋아요. 평소에는 물티슈로 닦고 바로 마른 수건으로 닦아주는 것이 좋아요.

4

이제 새댁 아니고
엄마

아기를 해치는 상상을 하는 게
말이 돼?

조리원에서 돌아온 이후 아기를 혼자 돌보는 일이 계속됐다. 처음 몇 주간은 국가에서 지원하는 산후도우미 이모님이 오셔서 함께 봐주셨지만 그 이후로는 남편 도움도 없이 독박으로 아기를 돌보려니 힘도 부치고 스트레스도 이어졌다.

아기는 울고 나는 피곤했다. 먹지 못해 영양적으로도 부족함이 느껴졌다. 어쩔 수 없이 집에 있는 견과류를 입에 털어넣고 다시 으쌰 힘을 내보기도 했다.

* * *

하루는 빵을 자르는 칼이 식탁 위에 있는 게 아닌가. "그래,

칼이지." 그런데, 그날따라 내 스트레스가 극에 달했는지 "이 게 칼인데 이걸로 아기를 아프게 하면 어떨까?" 싶었다. 그날 이후, 그런 생각이 더 자주 들었다. 그래서 주방 위쪽에 나와 있던 칼을 눈에 보이지 않는 곳으로 다 넣었고 칼 말고 다른 뾰족한 물건도 보이지 않게 했다. 그렇지만 머릿속으로는 위험한 상상이 계속 됐다.

"안 되겠다. 어떡하지." 싶어 아기를 꽁꽁 싸서 집 밖으로 나갔다. 아기와 단둘이 있는 것보다는 누구라도 보는 게 낫겠다 싶어 집 앞 카페로 향했고 그렇게 찬바람을 쐬고 오면 나쁜 상상은 조금 줄어드는 것 같았다.

또 어떤 날은 CCTV를 달아야겠다는 생각을 했다. 보통 CCTV는 입주 이모님이나 아기를 봐주시는 분, 아기의 안전을 위해 설치한다. 그러나 아기를 해치는 상상을 하는 내 모습이 안 되겠다 싶어서 "누군가 나를 보고 있으니 아기를 해치지 말아야지." 그런 생각으로 말이다.

이대로는 안 되겠다 싶어 내 상태를 지인에게 털어놨다. 내 이야기를 들은 지인이 말했다. 자신도 아기를 끓는 물에 넣는 상상을 했었단다. "아기가 아프겠지?"라고 생각했다고⋯. 그리고 이 시기 즈음에 그런 상상을 많이 하는데 더 심각해지면 병원에 가보는 게 좋다는 진심 어린 조언도 더했다.

"나만 그런 게 아니구나."

"내가 잘못하는 게 아니구나."

그래도 위험한 생각이 드는 건 좋지 않은 일이라 남편에게 사실을 알리고 도움을 청했다. 그날 이후 남편은 조금 일찍 들어오기도 했고 퇴근 이후에는 아기를 자신이 데리고 있을 테니 집 앞 카페라도 다녀오라고, 1시간이라도 혼자 있다 오라고 배려해줬다.

그렇게 혼자만의 시간을 가지며 어느 날은 핸드폰을 했고 어느 날은 그날의 감정을 글로 썼다. 또 어떤 날은 책을 읽었고 음악을 들었다. 매일 매일 혼자만의 시간을 가질 순 없었지만 그 시간이 온다는 생각을 하니 날개를 단 것처럼 발걸음이 가벼워지는 게 느껴졌다.

엄마로서의
일상

독박육아 몇 주간, 남편은 시댁 일과 업무로 많이 바빴고 엄마가 된 나는 아침부터 늦은 밤까지 아기와 함께하는 나날이 이어졌다.

어느 주말에는 남편이 오기만을 기다렸는데 내가 주문한 햄버거 세트를 사다주고 모임이 있다며 나갔다. 어쩔 수 없다고 생각하고 한참을 기다렸는데 밤 11시가 돼서야 출발한다고 해서 화가 머리끝까지 올라왔다. 늦을 것은 알고 있었지만 지금쯤은 집 근처에 왔겠지 생각했던 시간에 출발을 한다고 말하니 남편이 너무 미웠다.

불편한 마음을 추스르기 위해 샤워를 하고 말없이 내 할 일을 했다. 남편이 돌아와 인기척을 냈지만 한참 후에야 조용한 목소리로 "이렇게 할 거면 아이는 남편 혼자 봐야 해."라고 경고했다. 남편이 오자마자 퍼붓고 싶은 말이 많았지만 그렇게 해도 달라질게 없었기에 무언가 느끼게 하려면 조용하고 무서운 경고가 필요했다.

* * *

그 이후로도 몇 번의 늦는 날이 많았지만 우리는 차츰 아기가 있는 삶에 적응하고 있다. 아침에는 아기가 좋아할 노래를 찾아 불러주고 장난감 통에서 이것저것 꺼내어 놀아주기도 하고 책에서 아기에 맞는 발달 놀이는 무엇이 있는지 들여다보았다. 아기의 움직임을 관찰하며 상황을 설명해주는 것도 재미있었다.

그런데, 점점 노래하는 목소리는 작아지고 남편이 퇴근하고 집에 오면 아기를 맡겨두고 눕고만 싶은 날도 늘어만 갔다. 그러던 어늘 주말 오후, 남편이 오기만을 기다리는데 평소보다 아기의 무게가 2배는 더 무겁게 느껴졌다. 아기가 울어도 평소처럼 반응해주지 못했다. 아기를 들다가 넘어질 것 같아 쇼파에 누워 바운스에 앉힌 아기를 바라보았다.

아기가 많이 어리고 말을 못해 다행이라는 생각이 들었다. 그저, 방실 방실 웃는 모습이 귀여운데 해줄 수 있는 게 없어 눈물만 났다. 이제 더 이상은 안 되겠다, 너무 아프고 눈물이 날 지경이었다.

119를 부를까 아기를 데리고 택시를 탈까, 병원가기에는 너무 늦은 시간인데, 응급실을 가면 아기에게도 나에게도 좋진 않을 텐데. 이런 저런 생각에 갇혀 더 이상은 못 견디겠다 싶었을 때 남편이 왔다.

주말 늦은 오후라 갈 수 있는 병원이 없어 일단은 이불을 뒤집어쓰고 잠들어 버렸다. 저녁 시간 내내.

"오빠, 나 얼마나 잤어?"

"한 4시간 잔 거 같은데⋯."

"자고나니까 애기가 안 무겁네, 아깐 어찌나 무겁던지, 넘어질 뻔 했어."

속으로 혼자 생각하길 "힘들어서 무거웠구나⋯. 이렇게 쉼이 필요한 거였는데⋯." 말했다. 거울을 보니 며칠 전에 코 위에 올라왔던 뾰루지가 눈에 띈다. 지난 봄, 코에 생겼던 포진과 비슷한 자리다. 포진이 생겼던 자리에 딱지가 꽤 커서 상처가 생겼고 살이 패일 정도였다. 그 이후로 체력 관리를 한다고 했는데 이렇게 올라올 줄이야.

"오빠, 나 월요일에 병원 가야겠어. 코에 딱정이 생겼던 자리 옆에 또 뭐가 생겼어."

몸도 마음도 지쳐 한계에 다다른 걸까? 그러고 보니 뭔가 찌릿찌릿 예사롭지 않다. 오늘밤엔 뾰루지가 생긴 코가 나으라고 기도라도 하고 자야할 것 같다. 그래도 어떻게 아픈 몸도 좋아지고 아기도 건강히 지내고 있으니 남편과 나의 평화로운 일상에 감사를 전해야겠다.

무슨 주사가
이렇게 많아?

교사 시절에만 해도 생활기록부에 적어야 하는 예방접종 기록이 참 많다고 생각했다. 나눠준 용지에 빼곡하게 적어온 부모님이 계신가하면 프린트하여 적지 않은 것을 옮겨 적어야 했다. 요즘은 대부분 적지 않고 프린트하여 정리해두는 게 많지만 몇 년 전만 해도 기록물로 옮겨두어야 했다.

엄마가 되어보니 단순히 병원에 다녀온 기록만이 아니라는 걸 알게 되었다. 아기가 처음 병원에 방문하여 맞는 예방접종, 내 아기 허벅지에 처음 주사가 찔러지는 것을 보며 마음이 아프고 어느 엄마는 눈물이 찔끔 나고 어느 아기는 잠깐 잉 하고 말았던 순간들을 기록한 것이었다.

주사마다 종류가 다른데 고열이 나고 후유증으로 생기는 증상에 대해 미리 공부해야만 했다. 주사를 맞아야 할까 말아야 할까 아이에게 해로운 건 아닐까, 고민하는 순간들도 있었을 것이다. 나만 해도 아기와 함께 처음 방문했던 소아과의 그 공기를 잊지 못하겠다. 소아과 선생님의 인상과 태도, 간호사 선생님의 옷차림까지도 세심하게 기억하고 있다. 누군가는 그런 것까지 기억하냐고 하겠지만 아이의 성장을 기록하고 생각하며 지내니 자연스럽게 기억되는 것 같다.

교사일 때는 몰랐던 그 순간들, 바빠서 지나쳤던 소중한 순간들을 이제야 알아차렸다. 지나간 그 엄마들에게 말하고 싶다.

"아기를 낳지 않아 그때는 미처 생각하지 못 했어요. 이제야 알아버렸답니다. 그때 공감하지 못해 아쉽습니다."

TIP

예방접종 어디까지 알고 있나요?

태어나 처음 맞는 주사는 B형 간염 1차 예방접종이에요. 귀엽고 사랑스러운 우리 아기와의 병원 방문, 예방접종을 할 때 알고 있으면 너무 좋은 팁! 무엇이 있을까요?

먼저, 주사 맞는 예약 날짜 또는 병원 방문 요일은 평일 화요일, 수요일 오전을 추천해요. 월요일은 주말에 아팠던 아기가 방문할 확률이 많아 병원이 많이 바빠요. 그래서 상대적으로 다음날이나 그 다음날 방문하길 추천해요. 예방접종 이후 열이 나거나 특이증상을 보일 아기를 데리고 병원에 다시 방문하거나 전화로 문의할 수 있도록 오전 중에 방문해주세요.

옷은 입고 벗기 편할수록 좋아요. 주사 맞기 전, 아기의 상태가 어떤지 간단하게 진료를 할 수 있기 때문에 엄마가 입히고 벗기기 수월해야 해요. 갑자기 더워하거나 추워할 아기를 위해 얇은 옷을 여러 겹 입히는 것도 좋아요.

병원을 선택할 때는 무엇을 고려해야 할까요? 신생아 예방접종의 대다수는 필수 예방접종이라 보건소, 병원 어디나 무료로 접종이 가능합니다. 그러나 보건소는 예방접종 시간이 한정되어 있다고 해요. 아이에 대한 지속적인 관찰은 어려울 수 있고요. 다만, 보건소 옆에 장난감 대여해주는 곳이 있다면 이점은 편리할 것 같아요.

저는 집에서의 거리, 예방 접종실이 따로 있는지, 주차가 편리한지, 의사선생님 경력은 어떤지 등등 체크해봤어요. 예방 접종실이 따로 있는 곳이 있었지만 저는 선택하지 않고 신생아 때는 찬바람 맞는 것이 무서워 주로 차를 타고 다녀 주차시설이 중요했던 기억이 있네요. 이후로도 저는 집 근처 병원을 다녔고 선배맘들 이야기로는 친한 의사선생님을 만나 아기의 상태를 자주 보여주는 게 중요하다고 하네요.

그 밖에 또 무엇을 준비하면 좋을까요?

아기수첩, 신분증, 기저귀, 여벌옷, 손수건, 분유, 물티슈를 준비해 주세요.

출발 전 30분~1시간 이전에 수유를 하거나 분유를 먹인 후 방문하면 아기가 배부른 상태에서 기분 좋게 병원에 다녀올 수 있어요.

예방접종 후 24시간 정도는 탕 목욕을 주의하도록 해요. 그래서 접종일 전날 저녁에는 목욕시키길 권해요.

일상
탈출

아기가 100일도 되기 전이었다. 주말이 되어 엄마에게 아기를 맡기고 송년회 모임을 갔다. 수유 양이 많지 않아 분유와 모유를 함께 먹이고 있어 미리 수유를 해두고 분유 양을 체크해 엄마에게 전달해 두었다. 또한 가슴에는 압박 붕대를 감싸 불편하지 않도록 조치해 두고 몸을 따뜻하게 해 줄 옷을 입고 외출을 했다. 오랜만에 하는 외출이라 반짝거리는 귀걸이도 아기와 함께 있으면 들기 어려운 가방도 들었다.

마음 한쪽으로는 아기를 놓고 나와 걱정도 됐지만 오랜만에 외출에 아기씨라도 된 것처럼 설레였다. 문득 문득 아기는 배가 고프지 않은지 잠은 잘 자는지 궁금했지만 친정엄마가 사진도 보내주고 분유도 잘 먹고 있다고 하여 안심하고 있었다.

연말 모임이라 화려한 꽃장식도 맛있는 음식도 준비되어 있었고 준비된 강연과 한명 한명을 배려해 준 메시지 카드도 참 멋있었던 기억이 있다. 단순히 친구를 만나러 간 자리가 아니라 1년간 함께 성장한 사람들과 함께 하는 자리라 다음 해에는 나도 멋지게 성장해야겠단 포부 또한 다져보았다.

그러나 무엇보다도 엄마로 지내며 늘어진 티셔츠와 헐렁한 바지를 찾아 입다 화장도 하고 누군가와 마주앉아 대화를 할 수 있어 얼마나 행복했는지 모른다. 엄마가 된 나를 축하하는 이야기에 스스로가 자랑스럽기도 하고 임신부터 출산 이후까지 기침이 낫지 않아 마음 고생한 것 때문인지 산후우울증 때문인지 이유를 알 수 없는 눈물을 주루룩 흘렸다.

성공적이었던 외출 덕분일까? 아니면 기적의 백일이 지나서일까? 그날 이후로 아기와 나는 이전보다 훨씬 더 즐겁게 지낼 수 있었다.

지금은 코로나로 누군가를 만나기도 어려운 때이지만, 엄마로서 아기에게만 매여 있는 것이 아니라 잠깐의 일상을 즐기고 다시 회복하면 다시 즐겁게 아기와 함께 할 수 있다는 걸 엄마들에게 이야기해주고 싶다.

100일이 지나야
운동할 수 있다고요?

임신으로 퉁퉁 부은 발이 출산하고 나면 쏙 빠질 줄 알았던 건 나만 그랬던 걸까? 누군가 "출산하고 나면 더 부어~." 라고 하길래 "에이, 설마." 했다. 그런데, 믿지 않던 그 말처럼 붓기가 하나도 빠지지 않았다.

출산 후 삼 일째 되던 날, 조리원에 가던 날까지도 신발에 발이 안 들어가는 것을 경험하며 아차 싶었다. 그래도 미리 예약해둔 조리원 마사지를 받으면 괜찮아 질 줄 알았다. 마사지 해주시는 관리사님 말로는 몇 번 더 받으면 괜찮단다. 그래도 퉁퉁 부은 얼굴, 출산으로 힘주어 핏줄 터진 얼굴이라니. 괜히 소심해졌다.

고민하다 유튜브에서 '산후 운동', '출산 후 일주일'을 검색해봤다. 역시나 나처럼 고민한 많은 사람들이 있었다. 가장 도움이 된 건 필라테스, 요가 강사들의 운동 강의였다. 한 영상에서는 「출산 후 3일째 되는 날」이라는 제목으로 운동하는 법을 알려주었는데 침대에서 하면 되는 거라 어렵지 않게 할 수 있었다. 운동을 하고나니 별것도 아닌데 다리가 시원하고 땀이 났다. 내가 무언가 해냈단 생각에 기분도 좋았다.

다만 손가락을 이용해 다리와 발을 움직이는 동작이 마음에 걸렸다. 늘어난 관절이 망가지는 건 아닐까? 그래도 산후 붓기를 하루라도 빨리 없앨 수만 있다면 괜찮다는 마음이 컸다.

열심히 운동을 한 덕분인지 조리원 내 다른 산모들도 어제보다 붓기가 빠졌다고 얘기해주었다.

"어제보다 얼굴이 슬림해진 것 같아."

"아깐 몰랐는데 다리 붓기가 줄어들었는데."

"오 그래요? 어제 운동하고 잔 게 효과가 있나 봐요."

"유튜브에 필라테스 강사가 올려둔 거 하고 잤어요, 오늘 가서 해봐요."

내가 느끼기에도 몸이 한결 가벼웠는데 내 느낌만은 아니었구나. 이 좋은 걸 나만 알 순 없지, 조리원에 엄마들한테 함께 하자고 소개했고 조리원 마사지로도 풀리지 않던 붓기가 운동으로 빠진 걸 보고 다른 엄마들도 설득되는 느낌이었다. 그날부터 이거다 싶어서 생각날 때 운동을 해봤다.

* * *

어느 날은 요가 선생님이 오셔서 가벼운 산후 요가를 알려주셨다. 요가 수업 다닐 때 가장 기초로 알려주던 내용인 듯했다. 임신 기간 동안 굳어있던 어깨와 다리가 한결 편안해지며 나도 할 수 있다는 자신감이 생겼다. 한편으론 운동을 해도 되는지 몰랐던 나를 탓하며 운동 강의의 비중이 작은 조리원을 찾아온 게 아쉬웠다.

조리원 퇴소 후 집으로 돌아온 후에는 일주일에 1회였지만 배 마사지도 받아봤다. 나보고 출산하고 며칠 안 된 거 치고는 붓기도 많지 않고 허리도 들어갔다고 칭찬해주셨다. 유튜브 운동 영상을 보고 얼마나 따라했는데요~. 허리가 안 들어간 게 이상할 정도다.

그 이후로는 육아로 게을러져 운동은 거의 못 했지만 내가 성취했다는 작은 성공 경험을 믿고 있었다. 수시로 움직일 때마다 몸이 바뀌는 걸 봤으니 하지 않을 이유가 없었다. 이제는 무엇을 시작하면 될까. 문득 임신 기간 전부터 했던 요가 선생님이 생각나 전화를 드렸다.

"선생님, 저 기억하시죠? 운동하고 싶은데 개인레슨으로 해도 좋으니 언제부터 시작하면 될까요?"

"아직은 무리가 될 거예요. 100일 후에나 가능하실 거 같아요."

기대했건만 아직은 안 된단다. 가끔 콧바람도 쐬고 운동도 할 수 있는 1석 2조의 방법이었는데. 아직 한참 기다려야 하다니.

출산 전에 만났던 아래층 아주머니의 이야기가 생각났다. 그렇게 다이어트 할 때는 안 빠지던 살이 구르기 몇 번 하면서 빠졌다고. 그 얘기를 듣고 이거다 싶어서 알아두었던 운동 센터에 전화했다. 출산하고 두 달 후에 와도 된다고 했던 곳인데 다시 물어보고 싶었다.

"저 몇 달 전에 전화 드렸던 임산부인데요. 출산하고 이제 두 달 지났는데 가도 될까요?"

"네, 가능해요."

운동할 수 있다는 이야기를 듣고 하루 종일 설레었다. 이젠 내 뱃살과 안녕! 통통 허벅지와도 안녕이다! 한동안 거울 보기가 얼마나 싫었는지 모른다. 종종 맘카페에서 남편이 아내 보고 코끼리 허벅지라느니 뱃살이 뚱뚱하다느니 어쩌니 하는 한심한 소리를 한다는 글을 보았다. 아내에게 그런 못된 말을 하다니! 내 남편은 그런 이야기를 하진 않았지만 지금 여기서 살 빼지 않고 내 몸을 방치하고 싶은 생각은 없었다.

* * *

그러나 아기가 있는 엄마의 운동은 그렇게 쉽게 가능한 일이 아니었다. 남편의 시간이 허락되질 않았다. 나 운동가고 싶다고 노래를 불러도 남편의 야근은 그칠 줄 몰랐다. 그렇게 하루 이틀이 지났고 2주일이 넘게 허리가 아프다가 팔이 올라가지 않는 통증까지 찾아왔다. 병원에 갈 수 있는 날이 된 것이다.

나는 앓는 소리를 잘한다. 어디가 아프고 어디가 말썽이다 등 정확하게 아픈 부위를 짚어낼 줄 안다. 앓는 소리를 안 하다 아픈 것보다는 앓는 소리 해서 병원 다녀오는 게 마음이 편하기 때문이다.

남편에게 오늘은 꼭 병원에 가야겠으니 시간을 내달라고 했다. 초록색 검색창으로 동네에서 유명한 한의원을 알아보고 허리통증을 잘 치료한다는 댓글이 많은 곳을 찾아 방문했다.

한의사 선생님은 왠지 위아래 칙칙한 개량 한복에 턱수염 정도는 있어야 하는데 방문한 한의원은 카이로프랙틱 (chiropractic)과 허리 교정에 필요한 기구가 방 한가득 차있었다. 게다가 클래식 음악과 고가의 스피커까지. 내가 허리 교정을 온 건지 전시회에 온 건지 헷갈리는 순간이었다.

한의사 선생님은 책자를 뒤적뒤적하며 나의 허리를 맞춰 주었다. 모든 교정이 끝난 후에는 내가 좋아하는 찜질 시간도 있었다. 한의원에 가면 맡을 수 있는 특별한 향내가 날 반겼다. 처음에는 이 향이 불편했는데 아기도 없이 혼자서 여기에 누워있으니 잠이 얼마나 잘 오는지. 매일 오지 못하는 게 아쉬웠다.

누구에게나 마찬가지겠지만 운동과 적절한 치료는 건강을 지키는 좋은 방법이다. 다만 아기 엄마에게는 시간적으로나 공간적으로나 여러 가지 제약이 따르는 점이 아쉽다. 그러나 자신의 건강은 스스로 챙겨야 한다. 아기를 위해서도, 스스로를 위해서도 말이다.

언제쯤 아기 없이
피부과에 갈 수 있을까

출산 몇 달 전, 종종 찾던 피부과를 방문했다. 아기 낳고 피부과 시술은 언제부터 가능한지 물으니 몸조리가 끝나면 백일 전에도 방문한다고 했다. 쌍둥이 아기를 낳은 친구도 시어머님의 도움을 받아 피부과를 다녀왔다. 그 이야기를 듣고는 남편이 아기를 봐주면 백일 이후엔 꼭 오리라 다짐했다.

그런데 생각과 달리 쉬운 일이 아니었다. 피부과 방문의 장애물이 여럿 있었는데 그중에 첫째는 아기를 누군가의 손에 맡기고 나오는 게 쉽지 않다는 점이었다.

모유수유만으로는 먹성 좋은 아기를 감당하기 힘들어 혼합수유를 하고 지내 잠시 동안 온전한 휴식이 가능한 때도 있었다. 그러나 괜스레 아기 혼자 떼어두고 나오려니 차마 발길이 떨어지지 않는다. 나 외에 시어머니나 친정엄마가 계시지 않는 한 어렵다는 게 출산 이후의 마음이다.

두 번째는 아기가 커갈수록 사야 할 육아템이 많아져 나에게 투자하기 어렵다는 현실적인 이유였다. 아기에게 더 좋은 걸 해주고 싶고 내 몸이 편하도록 돕는 육아템 갖추기가 먼저일 수 있다.

세 번째는 모유수유를 하는 중 시술받는 것에 대한 두려움이다. 피부과 의사는 괜찮다고 했지만 혹여나 모를 영향이 엄마를 머뭇거리게 한다.

네 번째는 부작용에 대한 두려움이다. 산후조리 후 자신도 모르게 면역력이 떨어져 있는 상태에서 시술을 받을 경우 평소에 없던 알레르기 반응을 보일 수 있다. 주변의 출산한 지인들을 볼 때에 피부과 시술의 효과보다는 가려움이나 시술 부위가 점처럼 남는 등의 부작용 사례를 확인할 수 있었다.

이처럼 출산 이전에 생각한 것처럼 마음대로 되는 게 없다는 걸 깨닫는다. 정말 출산 이전에는 상상하지 못했던 감정을 온통 겪게 되는 육아 시절이다.

＊ ＊ ＊

아기가 어느새 200일을 훌쩍 넘긴 요즘은 피곤해서인지 얼굴이 붉게 변했다. 항상 홍조가 뜬 상태이다. 면역력이 떨어지면 가장 먼저 나타나는 게 피부라는데…. 어서 새벽에도 푹 자고 늦잠도 자는 그런 날이 하루빨리 찾아오기를, 남편이 나 대신 하루 종일 아기를 봐주는 꿈 같은 휴일이 찾아오기를 바라고 있다.

TIP

출산 후 피부관리의 기본

- 비타민 C를 비롯한 기본 영양소 챙기기
- 얼굴에 손대지 않기
- 깨끗한 세안은 필수!
- 선크림과 기본적인 로션 바르기
- 잘 수 있을 때 잠 자기

여자는 아기 낳고 나면
다 똑같은 아줌마야

우리 어머님은, 신식 어른의 선두주자가 아닐까 생각될 만큼 며느리를 많이 배려하는 분이다. 직장에서 일하는 나를 배려해 가급적 김장은 혼자서, 또는 아버님과 함께 했고, 명절이면 음식 준비를 먼저 하곤 우리를 맞이하는 날도 많았다 (아니면, 내가 눈치가 느린 거였는지도 모르겠다).

나는, 어릴 적부터 엄마가 하는 집안일에는 관심이 없던 여자 아이라 요리를 배우고 싶은 생각도 없었고 제사를 지내는 집도 아니었기에 요리, 명절과는 거리가 먼 여자 사람이다. 본래 종교가 기독교이기도 하지만, 결혼할 상대도 기독교라면 좋겠다고 생각해왔다. 제사를 지내기 싫기도 했고 제사 준비로 지친 맘카페의 며느리들이 올린 글을 보고 있으면 답답해지기 때문이다.

* * *

하루는 어머님과 어머님 친구들이 모인 자리에 함께 있었다. 아버님이 돌아가신 후 홀로 계신 어머님을 위로하기 위해 모인 자리인 걸로 기억한다. 결혼하고 3년 만에 만난 대부분의 어머님들은 태어난 아기를 보며 아빠를 닮았다고 했고 나에게는 '결혼할 당시 한복 입은 모습이 참 예뻤다'고 하셨다.

어떤 분은 "아직도 예쁜데 왜~."라고 말씀하셨다. 나는 마음의 소리로 '네~ 저 아기 낳고 다시 예쁘게 돌아가려고 운동도 열심히 하고 신경 쓰고 있어요.'라고 말했다. 그런데 우리 어머님이 "여자는 결혼하고 애 낳으면 다 똑같은 아줌마야~."라고 말씀하시는 게 아닌가.

아니, 우리 어머님처럼 신식 마인드를 가지신 분이 어떻게 그런 말을? 나는 출산하고 뱃살과 군데군데 뭉친 살을 빼기 위해 운동도 열심히 하고 틈틈이 글도 쓰고 배움의 장을 놓치지 않으려고 치열하게 움직이고 있는데, 아줌마라니? 아줌마라는 말이 나쁜 말은 아니지만 나는 아직 아기씨이고 싶은가 보다.

'그래도 어머님, 너무 심했어요. 다 똑같은 아줌마라니

요…. 저 골반도 다시 줄어들었고 밖에 나가면 아직 아기씨인 줄 알아요.'

이렇게 말하고 싶었지만 내 곁에는 젖먹이 아기가 있었고 나날이 무거워진 아기를 안아주느라 팔뚝은 얇아질 틈을 보이지 않고….

다 똑같은 아줌마는 어머님 세대만 그런 거라고 알려드리고 싶다. 요즘 엄마들이 얼마나 열심히 배우고 운동하는지 어머님은 모르실 수도 있겠다는 생각이 들었다. 조만간 어머님과 운동 배우러 가려고 한다. 어머님 저랑 함께 운동 가요. 20년 묵은 뱃살 다이어트 도와 드릴게요~!

가베? 몬테소리?
어떤 걸 할지 고민이야

복직 이전에 아기의 발달을 도와주고자 잠시 가베와 몬테소리를 배워볼까 아니면 새로 나온 좋은 교육법은 무엇이 있을까 고민했다. 아기와 함께 다니기 위해 알아본 곳은 집 근처에 있는 몬테소리 교육기관이었고 돌이 되기 몇 달 전인 아기가 참여하기에 좋을 프로그램으로 보였다.

상당히 고가였지만 내가 아기와 보낼 수 있는 진정한 시간이라고 생각하니 이 정도는 해줄 수 있다는 무모한 생각도 들었다. 평소, 아이에게 예쁜 옷을 입히고 다양한 사교육을 시키는 것보다 그 돈을 차곡차곡 모아 나중에 아이가 꼭 하고 싶어 하는 것을 많이 시켜주자는 게 우리의 생각이었는데⋯. 지금 생각해보면 우리 부부의 교육관에서는 많이 벗어난 방법이었다.

그래도 혹시 몰라 최근에 알게 된 김영희 작가님께 문의를 드렸다. 자격증 육아로 책을 내고 교육에 대해서라면 웬만한 전문가보다 잘 알고계시니 나와는 또 다른 생각을 가졌을 것 같았다.

작가님은 내게 몬테소리를 왜 배우고 싶은지, 직접 해 볼 의향이 있는지 물었다. 생각해보니 내 직업이 어린이집 교사라서 언젠가는 일할 때 써먹을 수 있지 않을까 싶은 마음이 있었다. 아이가 어떻게 배우는지 알게 되면 내가 배우고 싶은지 아닌지도 알 수 있으리라는 생각도 있었다.

그러자 작가님은 돈을 들이지 않는 방법을 알려주었다. 도서관에서 책으로 먼저 교육법을 접하고 다양한 몬테소리 교육에 대해 알아보고 선택하기를 권한 것이다. 아차 싶었다. 가고 싶다고, 집 근처와 가깝다고 무조건 가는 것이 아닌 전체적인 숲을 보고 나무를 선택해야 하는 건데 무조건 나무부터 오르려고 하다니!

× × ×

주변 지인들도, 맘카페에 올라오는 글들만 봐도 엄마들은 정말 고민이 많다. 이게 좋을까, 저게 좋을까? 고민하다 돈 걱정에 괜히 못해주는 건 아닌가 싶어 속앓이도 한다. 그러나 아이는, 아기는 엄마랑 있는 게 최고이다. 내가 아기와 있는 게 너무 힘들다 싶을 때 다양한 교육기관이나 방법으로 도움받는 길을 권한다.

교사인 나조차도 교육법으로 고민하고 갈팡질팡 할 때가 많다. 내가 가장 잘 아는 아이, 내 배 아파서 낳은 우리 아이에게 어떻게 하면 더 잘해줄까, 더 사랑해줄까, 이렇게 하면 더 좋을까와 같이 엄마의 사랑이 이런 저런 방법으로 표현되는 것이다. 육아는, 내 아이에게 정답이 없으니 당연한 고민이다. 그저 잘하고 있다, 고생하고 있다, 얘기하고 싶다. 나 자신은 물론 같은 걱정으로 고민하는 엄마들을 응원한다.

교사 출신 엄마도
하루 7똥은 힘들어!

아이들과 많은 시간을 함께 보내는 선생님들은 하루에 몇 번이나 아이들 기저귀를 확인할까? 우선 아이들과 교실에서 만나 오전 등원 이후에, 바깥놀이를 가기 전이나 다녀온 후에, 식사 이전과 낮잠 자기 전에 기저귀 갈이를 한다. 아직 끝나지 않았다. 아이들이 자고 일어난 후에, 하원 전에 다시 기저귀를 확인해야 한다. 아이의 기저귀 상황에 따라 더 자주 갈아주거나 덜 갈아주기도 하는데 아이 1명당 적어도 하루 5번의 기저귀 갈이를 한다고 보면 된다. 그러니 한 반에 9명의 아이가 있다고 하면 평균적으로 45번 정도의 기저귀 갈이를 하게 되는 셈이다.

특히 단호박이나 고구마가 간식으로 나오는 날이면 유난히 기저귀 갈이를 많이 했다. 아까 기저귀를 갈아주었는데 어디선가 스물스물 올라오는 고향의 냄새. 교사의 개코가 아니면 철푸덕 앉아 놀이하는 아기의 엉덩이를 모르고 넘어갈지도 모른다. 그러나, 아기가 응가를 하고 불편해 할 걸 생각하면 화장실로 데려가 씻기는 게 상책이다. 그건 집에서나 교실에서나 마찬가지다.

※ ※ ※

우리 집 아기가 책장 앞에서 뿌지직 응가를 한다. 어느 날은 힘을 주어 누기도 하고 어느 날은 구석진 곳에서 남 모르게 누고 나오기도 한다.

개월 수에 따라 다르지만 아기가 응가를 누지 못하고 힘들어 할 때면 물이며 보리차며 유산균이며 이것저것 챙겨 먹이고 과일즙을 주기도 한다. 신생아의 경우에는 배 마사지를 통해 응가를 잘할 수 있도록 도와줄 수도 있다.

그런데, 아이가 점점 커갈수록 엄마의 팔뚝의 힘은 약해지는 걸까? 하루 3똥, 4똥 정도는 무난하게 치워줄 수 있는데 7똥은 참을 수 없을 만큼 힘이 든다. 무엇을 잘못 먹은 건 아닐까, 어떻게 이렇게 화장실을 자주 가는 거지? 분유를 잘못

탄 거 아닐까? 내가 못 보는 사이 남편이 뭘 먹인 거지? 여러 가지 생각이 꼬리를 물며 다가온다. 더군다나 내 팔목은 끊어질 거 같고 아기 엉덩이도 빨갛게 변하니 마음이 타들어 갈 것처럼 불편하다.

아기가 10개월쯤 되었을까. 아기 엉덩이를 닦기 위해 아기를 팔목에 얹어두면 떨어뜨릴 듯 위태로워졌다. 이건 아니다 싶어 육아템을 찾아보니 바로 '이거다'를 외친 물건이 있었다. 바로 샤워핸들. 샤워할 때 아기를 고정시키는 아이템인데 어깨 아래쪽에 안전바 두 개가 아기를 감싸 엉덩이나 간단히 몸을 씻길 때 유용한 물건이다.

다만 아기 물건치고는 약간 고가라 중고 물품을 찾아봤지만 중고 물품도 새 상품과 차이 없이 비싸거나 이미 팔려있었다. 어쩌면, 너무 유용한 상품이니 없거나 비싸게 파는 걸까? 고민하고 고민하다 인스타나 블로그 후기를 찾아보니 상품을 구입하고 후회했다는 글을 볼 수 없었다. 당장 구입했고, 상당히 만족스럽게 사용하고 있다. 찾아보면 쓸모 있는 상품을 만날 수 있는 무궁무진한 육아템의 세계! 육아의 또다른 즐거움 중 하나가 아닐까?

happypolarbear369
따뜻한 우리 집

⋮

❤ 98 likes

happypolarbear369 내 팔목 살았다..! 이거 만든 사람. 매우 칭찬해요.
#샤워핸들 #육아는장비빨 #내돈내산 #이건진짜강추

육아용품 현명하게 챙기는 법

육아를 시작했을 때 육아템 검색으로 엄청난 시간을 보낸 걸로 기억해요. 신생아 육아는 처음이었기에 무엇이 좋을까 긴장상태이기도 했고요. 검색하며 제일 괜찮았던 방법 몇 가지를 소개해봅니다.

각종 육아 관련 사이트와 앱

그중에서도 엄마들이 자주 찾는 맘카페에 '0개월 아기 육아템', '신생아 육아템'이라고 검색하면 고민하는 엄마들이 이미 작성해둔 글에 댓글이 여러 개 달려있어요. 내 아이에게 맞는 공통된 몇 가지를 체크하여 필요한 정보를 얻을 수 있답니다.

육아잡지와 책

육아잡지를 구독하지는 않지만 사이트에 들어가면 확인할 수 있어요. 엄마들을 위한 정보(다이어트 팁, 건강관리, 멘탈관리 등)와 육아에 필요한 정보가 방대하기에 즐겨찾기 해놓길 추천해요.

아기의 개월 수에 적절한 발달과 함께해주면 놀이 등을 소개해두는 책도 많이 있어요. 그중에서도 제일 효과를 본 건 『엄마, 나는 자라고 있어요』였습니다. 저는 출산 전, 중고서점에서 아이의 커다란 얼굴이 그려진 이 책을 만났어요. 좋은 책일까 싶었는데 조리원 동기 맘이 산부인과 선생님으로부터 추천받았다는 말을 듣고는 바로 배송을 시켜 읽었습니다. 명불허전! 이 책이야말로 베스트라고 말할 수 있어요.

신생아 육아맘에게 또 필요한 건 『삐뽀삐뽀 119소아과』 책이에요. 조금 무거워 오래 보기는 어렵고, 임신 시기에 먼저 읽어두었다가 아기가 아플 때나 이상 증세를 보일 때 자세한 증상을 확인해볼 수 있어 도움이 됩니다.

유튜브 육아채널

신생아 시기에 자주 들었던 부분은 '다울아이', '하정훈의 삐뽀삐보 119 소아과', '곽윤철 아이 연구소'였고, '로운맘', '베싸TV' 등 엄마의 취향을 반영하여 궁금한 점을 검색해 구독해 보아도 좋을 듯 해요.

당근마켓

육아템 중에는 가장 많이 나오고 팔리는 아이템들이 있는데요, 대표적으로 아기가 누워있을 때 사용하는 바운서, 허리에 힘이 생길 때 사용하는 보행기, 아이들이 정말 좋아하는 노래 나오는 애플봉봉, 걸음마 보조기, 실내용 자동차가 있어요. 많은 육아템 중에 우리 아기에게 필요한 건 무엇일까 엄선해서 확인하고 직접 사용한 엄마들의 경험도 엿볼 수 있답니다. 육아템 하나부터 열까지 모두 구입하고 싶지만 이미 사용해본 엄마들의 경험과 적정 가격까지 제시된 것을 보며 새 상품으로 사양할지 중고로 사서 소독 후에 사용할지 결정할 수 있다는 점도 유용해요.

5

육아
전쟁

비상! 비상!
열나는아기

아기의 예방접종을 하고 왔다. 최근 코로나 바이러스로 소아과 방문을 미루다 아기 피부도 그렇고 친정엄마가 말씀하신 아기 다리 휘어짐에 대한 답이 필요했기에 서둘렀다.

어느 병원을 갈까 한참 고민했다. 이미 내겐 병원 리스트가 있다. 지인에게 추천받은 영유아 검진으로 유명한 먼 거리의 병원, 지난번 다녀온 아들을 셋 키우며 1년에 한 달은 봉사를 가신다는 병원, 그리고 아토피를 잘 본다는 병원, 마지막으로 신생아 때부터 다닌 병원까지. 남편이 바쁜 틈에 와준 거라 가장 가까운 아기 때부터 다닌 병원으로 향했다.

영유아 검진만 받으려 했는데 예방접종 주사도 맞기로 했다. 간호사 분이 4방 다 맞길 추천하셨는데 아프지 않을지 물어보니 오히려 여러 번 나누면 아기가 더 아플 수 있단다. 평소 같으면 나누어 맞을 텐데 병원에 자주 오는 것도 어려운 시기라 한 번에 4방의 주사를 다 맞기로 했다. 아기는 씩씩하게 맞았지만 으앙 울기도 했다. 그렇게 별일 없이 지나갈 줄 알았다.

아침에 아기 코를 확인하니 콧물이 좀 맺혀있었다. 아이들은 열이 나면 코감기가 아닌데 코가 나오곤 했다. 의학적 소견은 아니고 많은 아이들을 만난 내 경험상으로는 그랬다. 체온을 측정하니 37.4도, 아직은 괜찮지만 평소 37도를 넘는 일이 드문 우리 집 아기에게는 비상이다. 해열제를 확인하고 혹여나 있을 상황에 대비해 병원 전화번호도 알아둔다.

아니나 다를까 아기는 37.8, 38.1도를 넘어 점점 고열로 넘어간다. 약국에선 38도가 넘으면 해열제를 먹이라 했지만 해열제에 익숙해지는 걸 선호하지 않는 나는 선배맘들의 대처를 찾아봤다. 사람마다 다른 대답을 했는데 38.3, 38.5도가 넘으면 먹인다고 한다. 그러나 6개월 아기는 말을 못 하니 얼마나 힘든지 가늠이 안 될 수 있으니 38도가 넘으면 먹였다고 한다. 어떤 엄마는 해열제 대신 유산균을 많이 먹였다고도 했다.

아기반 선생님으로 많은 아이들을 만난 경험이 있기에 크게 떨지 않을 줄 알았다. 그런데 내 아이는 달랐다. 혹여나 까먹을까 체온 측정은 5분에 한 번. 아기를 데리고 방에도 갔다 거실에도 갔다, 왔다갔다. 불편한 마음이 가득했다.

수건을 미온수로 적셔 마사지도 해주고 옷을 벗겨 조끼를 입혀두었다. 그러나 갖은 방법을 다 써도 더 이상 해열제 복용을 미룰 순 없었다. 해열제를 먹이며, 아픈 아기에게 바로 약을 먹이지 않고 고통의 시간을 준 것 같아 마음이 아팠다. 그 후로도 한동안 아기는 힘듦을 표현하며 엄마인 내 품에 꼭 안겨 잠이 들었다.

✻ ✻ ✻

잠든 아기를 보고 있자니 이내 창가 너머 파란 하늘이 눈에 들어왔다. 식탁에 어지럽혀진 약도 치워야 하고 아기 장난감도 담아두어야 하는데 오늘은 아기와 낮잠을 자야겠구나.

엄마 손을 꼭 잡고 자는 아기는 나에게 급할 것도 그리 필요한 것도 없이 엄마 품이 최고라고 말하는 듯했다. 오동통 팔다리를 가진 아기야, 열나는 거 견디느라 참 힘들었지. 잘 이겨내 주어 고마워.

역병에 대비한
아기 엄마의 일상

    과학이 발전하고 세상은 점점 살기 편리해지고 있다. 반면 엄청난 바이러스가 줄지어 생기며 우리가 값없이 즐기는 신선한 공기와 위대한 자연환경은 점점 더 없어진다고 하니 우리가 그간 얼마나 행복한 세상에 살았던 건지 생각해보게 된다.

    어릴 적 할머니 댁에 방문하면 재래식 화장실 냄새가 참 견디기 힘들었다. 그러나 밤하늘의 별똥별을 세가며 잠들 수 있는 언덕이 좋았고 시냇물 소리 졸졸 흐르는 냇가가 좋았으며 깡통에 불 넣어서 끈 달아 돌리는 쥐불놀이를 해도 혼나지 않는 들판이 좋았다.

    그러나 지금은? 종이라도 태우면 신고가 들어가고 언덕에 누워있으면 누가 잡아갈까 무서워 우리 아기 어디 내놓지 못

한다. 공기에는 미세먼지 가득해 창문을 여는 것도 아무 때나 할 수 없어 환기 타임이라는 말까지 생겨났다.

그렇다면 오늘은? 1년 전부터 계속된 코로나로 외출을 할 수 없는 지경에 이르렀고 마트에 물건 하나라도 사러 가려면 마스크에 비닐장갑을 착용하는 철저한 대비가 필요하다. 이 것마저도 어려워 나와 주변 지인들은 마트보다는 인터넷 쇼핑몰의 새벽 배송을 애용한다. 반찬가게도 함께 이용하는데 계좌번호를 받아 미리 입금하고 문 앞에 배송시켜 달라는 메시지를 남겨두면 된다.

동네에 자주 이용하는 카페나 레스토랑에도 함부로 갈 수 없으니 참 불편하다. 내가 찾아갔다가 혹시 확진자 판정이 나오면 그날로 내가 방문했던 곳은 문을 닫아야 하는 것이 현실이니 어디 함부로 다니는 것도 죄가 되는 날들이다.

그래도 이런 현실 속에서 오늘 하루의 예쁨을 찾아본다. 창문을 열어 신선한 공기를 맡을 수 있는 것이 행복이요, 아기와 커다란 창 너머로 자동차와 사람들을 관찰할 수 있는 것이 행복이다. 파아란 하늘 아래 숨 쉴 수 있는 행복, 이 행복을 함께 느끼면 좋겠다.

각 지역에 계신 코로나 확진자와 다양한 증상으로 인해 스트레스 받고 계시는 많은 분들이 하루빨리 회복되어 건강한 우리가 되었으면 한다. 또한, 가정에서 아기와 씨름 받는 아기 엄마들도 각자의 생활에서 즐거움을 찾고 긍정의 기운을 내뿜길 바란다.

내가 한숨을 쉬더라도 아기는 꼬물거리는 발가락 사이로 찾아온 행복을 만끽할 수 있으니 말이다.

happypolarbear369
따뜻한 우리 집

⋮

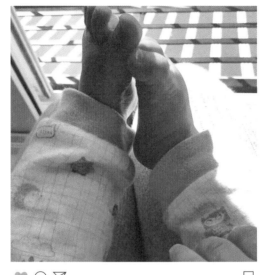

♥ ○ ▽   🔖

♥ 100 likes

happypolarbear369 오늘도 우리 아가랑 꼬물꼬물 알콩달콩 행복한 하루
#육아 #꼬물이 #집콕 #행복맘

미션!
아기와 외출하기

외출 준비로 아기의 젖병, 분유, 보온병은 물론 혹시 모를 상황에 대비해 기저귀 등이 담긴 가방을 챙겨 메고 아기는 꽁꽁 싸매 유모차에 태운다. 사실 2시간 전에 모든 외출 준비를 마쳤지만 방심한 사이에 아기의 응가 파티가 시작되어 옷을 다 벗기고 씻기느라 다시 외출 준비를 시작했다. 다른 엄마들 같으면 외출하지 말란 신호라고 생각할 수도 있지만 코로나바이러스로 일주일 정도 집에만 있었고 오늘 꼭 보내야 할 택배도 있으니 안 나갈 수가 없다.

외출한 김에 김밥 1줄과 커피 1잔, 그리고 살림에 필요한 테이프, 식초 등도 사 와야 한다. 혹시 모를 상황에 대비해 손소독제, 장갑 등을 챙기고 목을 따뜻하게 보호했으며 마스크도 착용했다.

코로나 바이러스로 전 세계가 크게 들썩인 이 며칠간 나를 비롯한 아기 엄마들은 물론 전국의 남녀노소 누구나 마스크와 손소독제 주문으로 바쁜 나날을 보냈을 것이다. 어느 유튜브 채널에서는 우한시를 촬영하며 며칠 동안 집에서 나오지 않을 생각으로 장 보러 가는 장면을 보여주었다. 얼굴에는 마스크를 여러 장 덧대고 비닐장갑을 끼고 상품을 담을 캐리어를 끌고 가는 모습이었다. 지금의 나도 그 마음과 같다. 아기와 나는 안전해야 한다. 우리는 지금 만약을 대비해 연습 중이라고 생각하며 비장한 각오를 다진다.

❃ ❃ ❃

막상 유모차를 끌고 거리에 나가니 '아기 엄마가 왜 나왔을까.'라고 생각하는 건 나뿐인 건가 싶었다. 모두들 외출해 커피도 마시고 밥도 먹으며 평소와 같은 일상을 지내고 있었다.

진작 나왔어야 하나, 왜 이렇게 태평한 걸까? 이제 막 5개월이 지난 우리 아기는 면역력이 약할 수 있고 질병으로부터 취약한 존재니 엄마인 나도 함께 조심해야 하는 게 당연하다. 성인과 어린아이는 다른 존재니까 더욱더 조심해야 하는 상황이다.

오늘의 첫 번째 미션 장소인 분식집에 도착해서 김밥을 주문해놓고 나온다. 손님이 많으니 마트에 들렀다 오면서 포장된 김밥을 가지러 올 생각이었다. 그렇게 마트에 들어와 메모한 물건을 담고 계산하는데, 아이가 배가 고픈지 한참을 운다.

"그래, 아기야 가자, 가자."

엄마 목소리로 어르고 달랜다. 그렇지만 유모차에서 꺼내 줄 순 없다. 발걸음은 점점 빨라진다.

서둘러 분식집으로 다가가 김밥을 계산하려는데 잠깐 세워둔 유모차에 5살쯤 돼 보이는 아이와 아주머니가 다가와 말을 건다. 아마도 어린 아기가 신기하겠지. 그나저나 지금처럼 서로 조심해야 할 시기에 낯모르는 사람이 다가오면 경계하게 된다. 나는 2m 남짓 떨어진 거리에서 설마 유모차 덮개를 열진 않겠지 생각하며 바라보았다.

다행히 그저 말로만 이야기하고 아는 척해주어 얼마나 고맙던지… 안녕히 계세요, 크게 인사하고 단골 커피가게로 향한다.

❊ ❊ ❊

아니 이곳은 테이크아웃 전문점인데도 이렇게 사람이 많은가. 자주 가는 이 커피집은 테이블이 많지 않은데도 사람이 바글바글하다. 나는 주인 분과 이야기 나누길 좋아하는데 오늘은 아기도 칭얼거리고 사람들도 많아 길게 이야기를 나누지 못 하고 나올 수밖에 없었다.

아기가 울어 나는 유모차를 끌고 서둘러 집으로 향한다. 길이 미끄러우니 조심조심, 바쁘고 급할수록 조심조심. 혹시나 바이러스를 만질지 모르니 엘리베이터 버튼을 팔꿈치로 누른다.

집 앞에 와서야 안정감이 들었다. 집에 잘 도착했다. 아기야, 안녕. 집도 안녕. 다시 만나 반갑다.

오줌싸개는
우리 아기가 아니었어

얼마 전, 집 근처 빵집에 들렀다가 커피도 마시고 싶어 바로 카페에 들렀다. 인테리어가 예뻐 애정 하는 곳이다. 아기를 데리고 들어가기엔 너무 조용해 적합하지 않지만 보통은 포장해오는 일이 많으니 오다가다 들리는 편이었다.

그날따라 왜 갑자기 커피는 마시고 싶던지…. 아침에 어머님이 집에 오셔서 함께 지내느라 화장실 가는 걸 까먹었고 이후 집에서 급히 나오느라 화장실 가는 걸 잊었다. 화장실이 급하다는 걸 커피 주문을 하고 나서야 생각했다. 바로 코앞이 집이니 서둘러 가면 되겠거니 싶었는데 불안한 예감은 왜 틀린 적이 없던지. 서둘러 화장실에 갔으나 불편함을 느낀 아기는 울고 내 바지는 이미 젖었다. 창피했지만 용기를 내어 사람 없는 테라스 쪽 숲길로 유유히 걸어 나왔다.

혹여나 산책을 나선 다른 이들의 눈에 띌까 봐 아기와 길가 나무도 한참 관찰하고 엘리베이터 안에서 누구를 만날까 마음을 졸이기도 했다. 출산 이후 엄마의 소변 조절 능력은 왜 이렇게 떨어진 건지, 나만 그런 건지. 출산 이후 비교적 성실히 운동을 하는 편에 속하는데도 아직은 멀었다.

* * *

아기랑 있다 보니 주로 신선한 재료로 만든 음식을 먹는데 평소보다 기름진 음식을 먹는 날이면 바로 화장실로 가게 된다. 주말 가족모임 후 맛집에서 포장해 온 만두를 먹고는 아기를 뒤로 하고 화장실로 달려간 적도 있고, 아기 의자를 화장실 문 앞에 놓고 마주 앉아 방긋방긋 웃어주며 볼 일을 본 적도 있다. 엄마들이 아기 때문에 화장실 한번 편하게 못 간다는 이야기가 기억난다. 나도 그럴까, 설마 했는데 아기가 태어난 지 8개월이 지난 요즘은 피할 수 없는 일이 되었다.

9개월, 10개월…. 시간은 앞으로도 흐를 것이다. 아기가 자랄 때마다 상황에 대처하는 나의 능력과 마음도 건강해지길 스스로 늘 바라고 공부하고 있다. 엄마들이여, 작은 일에 마음 아파하지 말고 마음을 굳건히 먹어보자.

오줌싸개의 사전적 정의를 찾아보면 '배변훈련이 되지 않은 아이, 오줌을 가릴 줄 알지만 실수로 오줌을 싼 아이를 놀림조로 말하는 것'이라고 한다. 배변훈련도 안 된 아기들은 착용한 기저귀에 언제 어디서든 쉬야를 하니 그런 말도 있을 것이다. 더 이상, 오줌싸개가 되기 싫어 출산 후 요실금 운동을 찾아보고 요가를 좋아하는 지인에게도 자료를 소개받았다. 혹여나 요실금 증상으로 고생하고 있다면 이 '견상 자세'를 해보길 추천한다. 덧붙여 '괄약근 조이기' 운동도 꼭 해야 한다고 하니 견상 자세가 어렵다면 바른 자세로 서서 괄약근 조이고 버티는 운동을 때때로 하길 추천한다고 들었다. 요실금이 걱정된다는 지금 당장 실천해보길 바란다.

우리 아기가
아토피라니요

애호박이 들어간 이유식을 만들어 줄 때 조리법을 잘못 했는지 아이의 얼굴이 붉어졌다. 며칠 지나면 괜찮겠지 했는데, 점차 붉어짐이 심해졌다. 로션을 발라도 별수가 없었다. 아기에게 무언가 문제가 생긴 것이다. 동네 소아과와 추천받은 소아과 2곳을 더 방문해보았다.

집에서 거리가 있는 옆 동네 소아과 의사는 지역에서 유일한 설소대 수술을 할 수 있을 정도의 실력자라고 한다. 의사는 아기의 평소 생활습관과 모유수유 중인 엄마가 먹는 음식들로 기록하라고 하셨다. 그밖에도 여러 질문을 하셨고 6개월 아기에게 이런 피부 트러블이 생긴다면 아토피로 발전할 가능성이 높다고 하셨다.

문득 아기의 지난 행동이 떠올랐다. 밤에 잘 때 얼굴이 간지러운지 이불에 얼굴을 비비는 모습을 보였는데 졸려서 그렇겠거니, 잠깐 가려워서 그렇겠거니 하며 이유를 혼자 추측해봤을 뿐 병원에 가볼 생각은 하지 않았다. 지금이야 손발이 자유롭지 못하니 긁는 행동을 하기 어려워 얼굴이 다칠 일이 적지만 앞으로도 아기가 가려워한다면 어쩌지? 덜컥 겁이 났다. 나는 그저 이유식을 잘못 먹인 것인 줄만 알았는데.

"이유식을 잘못 먹어서 그런 건 아닐까요?"

"먹는 것으로 피부 트러블이 오는 경우는 드물어요, 반응도 몸 전체로 오는 경우이고요."

짧은 순간에 아기 피부 문제의 원인을 찾아보았다. 집안의 습도와 온도가 안 맞았나? 로션을 덜 발라주었나? 피부 트러블이 생긴 이후 신생아 이후 좋다고 소문난 로션을 찾아 바꿔보고 있었는데 발라주던 로션이 안 맞았나? 그러나 어느 것 하나 특정하게 원인을 찾을 수 없고 정확한 답을 내릴 수 없었다.

※ ※ ※

알레르기일 가능성도 배제할 수는 없어 피 검사를 해보기로 했다. 아기들은 알레르기 검사를 안 하는 경우가 더 많지만 혹여나 하는 마음에 내린 판단이었다. 뾰족한 주사 바늘이 아기의 몸속으로 들어가는 것을 보고 힘들어하는 엄마들이 많은 까닭인지 의사는 밖에서 대기하길 권유했다. 얼마 지나지 않아 문 안쪽에서 날카로운 아기 울음소리가 들렸다. 마음이 몹시 불편했지만, 검사로 원인을 알 수 있다면 잠시 참아야 했다.

그렇게 잠시 시간이 흐르고 아토피 아기들이 입는 콤피패스트(comfifast) 의류도 권유받았다. 화상치료나 아토피처럼 몸을 긁는 영유아를 위해 개발된 의류였다. 손으로 슥 만져보니 쫀쫀하고 부드러워 편안하게 입을 수 있을 것 같았다. 싸지 않은 금액이었지만 아기를 위해서라면 구입할 수 있다.

집에 돌아온 후에는 콤피패스트 의류를 빨아 입혀보았다. 쫀쫀한 타이즈 같은 옷이라서 입히기 어려울 줄은 알았지만 예상보다 더 쉽지 않았다. 연약한 엄마들이 아토피 아기들과 지낼 때 힘이 빠지는 원인이 이 옷을 입히는 일 때문이 아닐까 싶을 만큼 어려운 옷이었다.

옷을 겨우 겨우 입혀서 인형과 나란히 두고 보니 쌍둥이 같았다. 얼마 전 선물 받은 모 타이어 회사의 마스코트 인형인데 이렇게 쓰일 줄이야. 둘이 놓고 보니 예쁜 사진이 찍혀 나는 그저 웃고 본다.

병원 잘 고르는 현명한 육아맘!

교사를 하다보면 유난히 감기가 오래가는 아이들을 만나기도 하고 약을 오래 먹는 아이들도 있어요. 아이의 감기가 낫지 않는다고 하지만 막상 병원 진료는 받지 않아 아이의 병을 키우는 것이지요.

엄마들마다 병원 고르는 노하우가 참 다양해요. 개인적인 경험을 떠올리며 병원 찾는 방법을 남겨봐요.

- 지역 내에서 어느 정도 자리를 잡은 병원인가요?

  정말 좋은 의사가 있는 곳이더라도 새로 생긴 곳은 피하는 편입니다. 내 아이를 위한 약을 지어줄 수 있는지. 이곳 환경과 잘 맞는지. 엄마들에게 입소문이 난 곳인지 따져봐요. 입소문이 나고 유명한 곳은 다 이유가 있어요.

- 의사가 친절하고 내 아이의 증상을 자세히 살펴주는 곳인가요?
- 진료과정이 권위적이지 않고 엄마의 이야기를 들어주는 곳인가요?
- 아이의 불편함을 체크하고 무서움을 잘 달래줄 수 있는 곳이 좋아요.
- 아이와 잘 맞는 병원인가요?

  병원마다 내 아이와 잘 맞는 곳이 있어요. 아무리 약을 먹어도 기침이 낫지 않는다면 병원을 바꾸어 보는 것도 추천해요.

- 구체적인 좋은 후기가 있나요?

  저희 아이의 피부가 갑자기 알레르기 반응을 보여 아토피 치료로 유명한 곳을 찾을 때 마침 지인 중 유명한 병원에 진료를 받았다는 소식을 접했고, 이를 통해 '병원에서 약 처방을 잘했다고 하더라.'라는 구체적인 이야기를 듣고 찾아갔어요. 유명한 병원이라고 해서 무조건적인 방문은 지양했습니다.

  보통은 맘카페나 지역 주민, 지인, 조리원 동기 등을 통해 병원을 알아보곤 합니다. 그리고, 병원에 방문해 무조건적인 지지도 하지 않습니다만 무조건 의심도 하지 않습니다.

- 병원을 방문하고 찾기 전에 증상에 대한 다양한 검색과 책을 찾아봅니다. 내 아이의 증상은 어떤 것인지 어떤 증상과 유사한지 어느 병원을 가면 좋을지…. 수많은 정보 속에서 내 아이에게 꼭 맞는 곳을 찾아 방문합니다.

성난 피부 응급 처치하기

- 소아과에 방문해요.
- 수딩젤 또는 소아과에서 처방받은 피부약을 발라요.
- 수딩젤로 효과가 없다면 로션을 바꿔요.
- 집안의 온·습도를 맞춰요. 건조하지 않도록, 너무 덥지 않도록 확인해요.

happypolarbear369
따뜻한 우리 집

♥ **202 likes**

happypolarbear369 내겐 너무나 웃픈 사진 한 장.
무엇이 무엇이 똑같을까~ 아기랑 인형이 똑같아요~
#아토피 #콤피패스트 #comfifast #비벤덤

엄마에게도
혼자만 있는 시간이 필요해

집안에 할 일이 가득하다. 바닥은 지저분하고 빨래도 개어야 한다. 아기가 커갈수록 엄마 어깨의 '피로곰'은 점점 무거워진다. 하지만, 아기가 낮잠을 자고 남편이 집에 있는 주말 낮 시간을 놓칠 수 없다. 입고 있던 원피스에 모자와 외투를 대충 걸치고 책 한 권을 쥐고 밖을 나선다.

잠시나마 집이 아닌 곳에서 시간을 갖기로 했다. 엄마로서의 나는 잠시 안녕. 여유를 확보하기 위해 집안일도 잠시 스탑. 내 자신으로 있는 시간을 만든다. 집안일도 아기를 키우는 일도 중요하지만 엄마의 마음, 아니 여자의 마음을 돌보는 것은 더욱 중요하다.

육아로 지친 몸과 마음으로 여느 때와 같은 일상을 보내다

가도 어느 날 문득 좋은 상품이 당첨되는 날! 좋아하는 친구가 전화해준 날! 남편이 평소보다 일찍 와준 날이 선물처럼 다가온다. 가만히 살펴보니 나는 이처럼 좋은 일이 생겼을 때 아기에게 할 말이 더 많아지고 행동이 자연스럽고 목소리가 아름다워졌다. 더 행복한 나를 발견했다.

그래, 내가 행복해야지! 엄마가 행복해야 아이도 행복하지! 어디선가 많이 들어본 말인데 왜 이리 실천하기가 어려운지 모르겠다.

✻ ✻ ✻

카페에 도착해 책을 삼십 분 남짓 읽었나…. 점심 먹을 때가 되었다. 아기도, 배고플 남편도 신경 쓰여 그렇게 딱 삼십 분을 더 버티다 집으로 돌아왔다. 앞으로는 이런 시간을 더 자주 의미 있게 써야겠단 생각을 해본다.

시간은 금이다. 나에겐 매일 커다란 금덩이가 주어진다. 이 금덩이를 가족을 위해 쓰는 것도 보람차고 행복한 일이지만, 때로는 나를 돌아보며 스스로에게 투자도 해야 더욱 현명한 삶을 살아갈 수 있다. 게다가 이렇게 혼자만의 시간을 갖는 건, 앞으로 걸어갈 길의 안내서가 되어준다. 힘이 들수록 차근차근 걸어 나가보길 바란다.

집에서 아이와 함께 할 수 있는 간단 놀이

세상에는 정말 많은 장난감이 있어요. 개월 수와 아이의 성향에 따라 함께 놀이할 수 있는 것이 달라지는데요. 아기와 했던 재미있던 놀이, 준비물이 크게 필요하지 않은 놀이를 소개할게요.

노래 부르며 간단한 몸놀이를 해요

"도도도도 발입니다, 레레레레 무릎입니다…." 발, 무릎, 배, 어깨, 머리 등 다양한 신체 명칭에 도, 레, 미, 파, 솔 계이름을 붙여서 노래 부르다 보면 신체 명칭도 익히고 몸도 움직일 수 있는 발달 놀이가 돼요.

아기와 함께 이불놀이

엉금엉금 기어가길 좋아하는 우리 아기, 이불 빨래하고 햇빛에 널어둔 이불 사이로 아기가 기어가요. 아이들은 이불 속 공간처럼 어둡고 캄캄한 곳이라도 엄마와 함께라면 재미있게 놀 수 있어요! 이불도 말리고 아기와 긴장을 늦춰 편안하게 뒹굴뒹굴 굴러도 보고 엉금엉금 정글숲 노래를 부르며 기어도 갈 수 있어요! 이불에 숨었다 나타났다 까꿍 놀이도 가능해요.

이불이 많이 있고 바싹 말랐다면 이불을 둘둘 말아 높은 산처럼 쌓아요. 아기가 미끄럼틀을 타거나 기어 올라가며 놀도록 도와줄 수도 있어요.

팔, 다리가 자유롭고 움직임이 크다면 이불 썰매를 태워주거나 이불에 돌돌 말아 김밥 놀이도 해보세요!

아이와 집안일을 함께해요

아이들은 엄마가 주방에서 요리하고 설거지를 하는 것을 정말 궁금해하지요. 저희 아이는 제가 주방에서 무엇을 하면 기필코 달려들어 전자렌지, 밥솥을 보고 싶어 해요.

이제는 함께 설거지도 하고, 아이가 요리하는 과정을 볼 수 있도록 의자를 두었어요. 가스렌지, 칼 등 아이가 만져서 위험해지는 도구는 멀리 두고 조심하되 함께 설거지할 때는 아이가 만지기에 안전한 것 위주로 준비해두어요.

앞치마를 착용해주고 물이 튀어도 괜찮은 큰 수건을 바닥에 깔아두어요. 아이와 함께 설거지를 하다보면 설거지 그릇이 산처럼 쌓여있어도 시간이 금방 지나가요. 오히려 금방 끝나면 아이는 왜 이렇게 빨리 끝내냐고 뜨거운 눈빛을 보내기도 해요.

청소기를 밀거나 물건을 정리할 때는 아이 손에 돌돌이를 주어 아이도 머리카락을 청소할 수 있도록 준비해두어요.

이때, 엄마는 말없이 아이와 함께 하는 것이 아니라 "○○가 엄마를 도와주니 청소가 훨씬 재미있네.", "바닥에 종이가 떨어져 있네, ○○가 주워줄 수 있을까? 쓰레기통에 버려줄래?"라고 이야기해주며 함께 소통해요. 아이는 '내가 엄마를 도와주고 있구나!'라고 느끼며 뿌듯함을 느끼는 계기가 될 수 있어요.

단, 아이와 함께 집안일을 다했다면 아이에게도 다 끝났다는 것을 알려주고 마무리할 시간을 주어야 해요. 아직 더 놀고 싶은데 엄마가 황급하게 정리한다면 울며 더 하고 싶다고 한참을 실랑이 할 수 있어요. 이 점을 주의해주세요.

교사도 엄마도
반지 못 끼는 건 똑같아

결혼 준비를 해본 여자라면 알 것이다. 설레고 반짝이는 보석이 얼마나 황홀한지…. 나 또한 가장 마음에 드는 디자인을 찾아 반지를 준비했고 나는 여자니까 다이아 반지 1개, 커플 반지 1개를 가졌다. 하지만, 남편이 여러 반지를 끼워보더니 마음이 든다며 고른 디자인은 교사인 내가 아이들과 함께 하기에는 날카로운 면이 있었다.

"반지 나오면 그때 다시 손보지 뭐, 그때 갈아달라고 하면 될 거야."

반지가 내 손에 들어온 날, 생각보다 더 날카로워 당황했다. 위험할 수 있는 부분을 갈아낼 수 있을지 물으니 "이걸 갈아내면 디자인이 덜 예쁠 텐데 괜찮아요?"라는 대답이 돌아왔다. 결혼식도 치르기 전이었다. 나는 디자인 손상보다는 끼지 않는 반지를 택했다. 그렇게 내 반지는 일하지 않는 주말이나 휴가 날, 특별한 약속이 있는 날에만 화장대에서 꺼낼수 있었다.

* * *

엄마가 되어서는 내 반지와 귀걸이가 어디 있는지 들여다본 지 한참이 됐다. 결혼식 같은 특별한 날이나 되어야 작은지퍼백에 귀걸이를 담아두었다가 잠시 착용하고 가방 속에넣어둔다.

출산 전에는 결혼 당시 맞췄던 반지를 아침 저녁으로 끼고그날의 컨디션이나 부기를 확인하던 시간도 있었다.

지금은 잠시 설레는 마음으로 착용했다 아기 얼굴에 생채기라도 날까 싶어 나도 남편에게도 반지 끼는 것을 강요하지않는다.

너무 피곤한 어느 밤. 평소에는 아기 침대에서 재우던 아기를 우리 침대에 놓고 함께 잠을 잤다. 새벽이 되어 컨디션을 회복한 아기는 한참을 안자고 엄마 옆에 꼭 붙어 있다가젖병으로 분유도 먹고 쪽쪽이도 물었다.

쪽쪽이를 뱉었다 떼었다 한참 반복되다 먼지라도 묻을까

내 손가락에 쏘옥 끼워두니 옳거니, 반짝 반짝 귀여운 반지가 되었다. 우리 아기 쪽쪽이는 야광 쪽쪽이, 동물 모양, 자동차 모양도 있다. 지금 보니 나는 귀여운 반지 부자였다. 오늘밤은 형형색색의 쪽쪽이 반지 중에 형광 반지를 끼워볼 테다.

조금 울려도
괜찮은데

남편은 어머님과 곰탕을 먹고 온다 하고 아기 젖병 설거지는 쌓여있었다. 그리고 나는 단유를 해야겠다는 결심이 생겨 오전부터 수유를 안 하고 버티는 중이었다.

점퍼루(아기가 타는 놀잇감)에 아기를 앉혀두고 설거지를 하러 갔다. 아기는 이젠 여기에 타면 엄마가 올 때까지 꼼짝 못하는 걸 아는지 내려놓자마자 울기 시작한다. 건조기에 쌓여있는 아기 빨래와 설거지 거리를 정리해야 된다는 사실을 떠올리며 바지런히 몸을 움직이는데, 마음 한편으로 아기 성격이 너무 변했다는 생각이 들었다.

몇 달 전 소아과 선생님은 "지금 단유 안 하면 애 성격 버려요~."라고 말했다. 단유를 안 해서 이렇게 된 걸까? 이제 좀 아기에게 그만 끌려다니자는 생각이 들었다.

아기는 울면서 엄마를 불렀지만 할 것도 많고 언제까지 우나 지켜보자 싶어서 설거지가 끝나고 아기 곁으로 갔다. 평소처럼 아기에게 바로 달려가지 않고 울음소리가 들리지 않는 듯이 아무렇지 않게 다가가 아기 옆에 있는 다른 놀잇감을 만졌다.

아기는 이내 울음을 그쳤다. 아마도 엄마가 평소와 다르다는 걸 눈치 챈 듯하다. 이제 너에게 끌려가지 않겠다는 나의 다짐 아래 우리의 주도권을 나에게 가져온 것이다.

* * *

어린이집을 다니다보면 아기와 엄마 사이의 주도권이 아기에게 있는 경우가 있다. 아기의 적극적인 태도와 주도권이 나쁜 것은 아니지만 안전과 관련된 행동에서도 부모가 아이를 제지하는 것에서 어려움을 보인다면 문제가 된다. 그 때문에 내 아이에게만은 끌려다니는 모습을 보이지 말아야지 했는데 쉽게 되지 않았다. 그래서, 오늘은 그 주도권을 가져오기를 해봤다.

앞으로도 육아에는 매번 고민이 따를 것이며, 아기에게 지는 순간도 오리라. 그래도 아기의 울음에 예민하게 반응해 얼

른 안아주고 달래주기보다는 상황을 보고 판단하는 엄마가
되리라 다짐해본다.

쭈쭈 없이는
못 살아

모유 수유를 끊으려고 마음먹었을 때 한편으로는 아기와의 소통이 끊기는 것 같아 얼마나 망설였는지 모른다. 이대로 계속 먹이고 싶은 마음은 굴뚝같았지만 살은 살대로 안 빠지고 복직 준비도 해야 하고…. 단유를 해야 할 나름의 이유가 많았다.

'그래, 결심했어! 어떻게든 단유하고 말겠어!'

그렇게 생각하고 밤이면 쭈쭈를 달라고 우는 아기를 무수히도 많이 울렸다. 얼마나 울렸는지 아기는 밤이면 목소리가 쉬어 아픈 듯했다. 또, 아침이면 얼굴이 벌게져 있기도 했다.

쭈쭈를 끊느라 아기 몸에 두드러기처럼 붉은 반점이 나기도 했다. 단유가 직접적인 원인은 아닐 테다. 아마도 밤마다 우느라 면역력이 떨어진 것 때문이겠다. 아픈 아기를 보고 있자니 너무 속상해 다시 품에 안아 먹이기도 했고 어쩔 수 없이 너무 피곤한 날은 아기가 울며 보채도 잠에 취해 자기도 했다.

＊ ＊ ＊

하루는 여행을 갔다. 카시트에 타고 있는 아기에게 수유를 하는 것은 무리기도 하고 굳이 카시트에 잘 있는 아기를 빼기도 좀 그랬다. 마침 단유를 결심하기도 했겠다, 분유를 타서 주고 쪽쪽이를 물려주었다. 이런 상황을 차차 겪어나가 보니 자연스레 단유의 길로 들어설 수 있었다.

곧 단유를 성공하리란 예감 때문이었을까? 여행 중 나는 모유수유 하는 모습을 사진으로 남겨달라고 남편에게 부탁했다. 예쁘게 찍어 달라 부탁하고 이렇게도 찍고 저렇게도 찍으며 한 이틀간은 사진을 찍을 수 있었다.

신생아 때와는 달리 이젠 제법 키가 커진 아기에게 수유하며 이 모습을 이젠 영영 볼 수 없다고 생각하니 시간이 흐른 뒤 지금의 아기가 그리울 것 같았다.

* * *

그렇게 며칠이 더 걸려 단유를 했다. 시간이 좀 걸렸지만 정서적으로 아기와 내가 안정적인 단유할 수 있었던 것은 엄마의 조급함을 버리고 아이를 기다려준 것, 그리고 사진으로 남긴 아기와 나의 모습 덕분일지도 모른다. 지금도 가끔 그 모습이 궁금하고 그리워 수유하는 사진을 들춰보곤 한다.

그리고 얼마 전 앙티브 피카소가 그린 그림인 'mother and child'를 보게 되었다. 아름다운 엄마가 아기에게 수유를 하고 있는 그림이라니! 아기의 뽀얗고 꼬물꼬물한 그 시절이 그리울 때면 난 이 그림과 그 시절의 사진을 들춰보곤 한다.

'구강기'라는 말을 들어본 적이 있나요? 아이를 키우다 보면 유난히 물건이나 놀잇감을 입으로 가져가고 입안으로 손가락을 넣거나 깨무는 행위를 보게 됩니다. 바로 이 시기가 구강기입니다. 심리학자 프로이드의 발달 단계 이론 중의 하나이며 만 1세반 정도의 시기에 해당합니다. 입, 입술, 혀, 잇몸 등을 포함한 구강 조직의 자극으로부터 아이가 쾌감을 느끼는 시기이죠.

태어난 직후, 엄마의 젖을 빨고, 우유 젖병으로 분유를 먹으며 물고 빠는 행위가 자연스러운 24개월 전후의 아이들은 뭐든 입으로 가져가 탐색해요. 이러한 행위를 통해 본능적인 욕구를 해소한다고 하네요.

우리 아이는 왜 놀이감을 입에 넣으려 하지? 오돌도돌 돌기가 있는 밥주걱을 왜 저렇게 좋아하는 걸까? 아이를 가만히 지켜보면 밥 주걱을 비롯한 여러 놀이감을 입 안 가득 넣어 간지러운 치아를 긁고 있는 모습을 보게 됩니다. 이때부터는 단순히 물고 빠는 행위에서 벗어나 심하게 물거나 깨무는 행동도 나타날 수 있어요.

아이는 성장하며 자기 주장이 생기고 스스로 하고 싶어하는 독립심도 발달합니다. 그 복잡한 심정을 자신이 할 수 있는 말로 표현하자니 어렵고 엄마는 알아듣지 못하니 표현 방법으로 물거나 깨무는 행위가 나타날 수 있습니다. 그렇다면, 우리 아이 어떻게 도와줘야 할까요?

무엇이든 빨아도 되는 환경을 만들어요

아이가 안 좋은 성분을 입에 넣어 걱정되는 엄마들 있으시죠. 이때를 대비해 아이에게 빨아도 되는 실리콘으로 만든 놀이감이나 도구를 쥐여주거나 물고 빨아도 걱정이 없는 놀이감을 주는 것이 필요해요. 저는 이 부분 때문에 각종 치발기를 주문했고 아끼던 실리콘 국자를 비롯한 실리콘 요리도구, 이것도 모자라 밥 주걱은 아직까지도 아이가 즐겨찾는 최애템이 되었어요.

무조건 야단치는 건 금물이에요.

아이가 빨고자 하는 욕구는 너무나 당연한 것입니다. 엄마 젖을 빨고 젖병으로 분유를 먹던 아이가 이유식을 시작하며 그 시간이 줄어들고 이가 나며 간질간질한 치아를 해결해 줄 것이 필요한데 눈 앞에 놀이감이 보이니 그저 입안에 넣어보고 시원하니 다시 또 넣기를 반복하는 거예요. 또한, 이 시기에 충분한 빨기 욕구를 채워줄 수 없다면 인지 발달에도 문제가 생길 수 있으니 무조건 야단치는 것은 금물입니다.

다른 욕구를 채워주세요.

아이에게는 엄마 아빠의 사랑이 많이 필요해요. 구강기에는 놀이감과 딱딱한 치발기 외에도 본능적인 욕구를 채워줄 수 있는 음식 섭취가 매우 중요합니다. 아이가 먹기 좋은 음식을 제공하고 아이가 잘 먹을 수 있도록 도와주고 아이와 많이 놀아주세요. 혼자 노는 것보다 엄마, 아빠랑 노는 걸 더 좋아해요. 아이에 대한 엄마, 아빠의 마음을 행동으로 표현하고 아이가 들을 수 있도록 말해주세요. 이 시기가 그렇게 길지 않아요. 많이 예뻐해 주고 안아주고 격려해주세요.

처음 무는 모습을 보였을 때, 단호하게 대처하세요.

아이를 사랑하고 예뻐하는 표현 방법 중 깨물기를 하는 어른을 본 적이 있습니다. 너무 예뻐서 깨물어 주고 싶다는 그 표현이 있지만, 정말로 그럴 줄 몰랐습니다. 할머니가 아이를 예뻐해 "아이고, 우리 강아지." 하면서 살짝 깨물었는데 그 행동이 반복되다 보면 아이는 할머니의 행동을 모방해요. 어른들은 스스로 힘을 조절할 수 있지만 아이는 약하고 센 것을 조절하는 능력이 아직 없으니 그저 "앵!"하고 물어버리죠. 게다가 무는 행위를 보였을 때 귀엽다고 웃어넘기는 등 잘못 대처하면 아이는 그렇게 해도 된다고 생각해요. 아이가 물거나 깨무는 행위를 보였을 때는 바로 안 된다고 알려주세요. 단호하지만 지나치지 않은 언어로 표현하는 것이 중요합니다.

어린이집, 만0세, 만1세 영아들은 특히나 물고 물려오는 상황이 많이 생겨요. 특히나 비슷한 월령의 영아가 함께 생활하는 어린이집 교실에서는 좋아하는 놀잇감도 비슷한데 아이에게 매력적이고 흥미로운 놀잇감을 서로 가져가려고 물고 물리는 상황이 생길 수 있습니다.

그래서 교실에서는 물고 물리는 상황을 줄이기 위해 영아들이 다양한 영역에서 놀이할 수 있도록 도와주고 같은 모양의 놀잇감을 영아 수에 비례해 비치해두게 됩니다. 또한, 아이들의 놀이상황을 보며 위험한 상황이 생기기 전에 아이들을 분리하여 놀이하도록 합니다.

그런데 선생님들의 이러한 노력에도 아이의 컨디션에 따라 교실의 상황에 따라서 늘 예외의 경우는 생기게 됩니다. 하루는 선생님이 아이들과 함께 점심을 먹기 전에 노래를 부르고 있었어요. 입을 모아 노래하고 손을 움직여 율동을 하다 한 명의 남자아이가 여자아이를 옆으로 밀어버렸습니다. 선생님이 도와줬지만 여자아이는 자신을 밀어내는 남자아이의 손가락을 입으로 앙 물어버렸고 그 잠깐 사이에 손에는 이빨자국이 생겼어요.

이런 상황 외에도 이유 없이 물거나 즐겁게 놀이하다가 옆에서 놀이하고 있던 친구를 물어버리기도 해요. 이 시기에는 늘 긴장 속에서 아이들을 바라보고 오늘은 무사히 지나가길 바라곤 해요.

아이가 다른 아이를 무는 이유는 무척 다양합니다. 저마다 무는 이유가 다르기도 해요. 기쁘거나 즐거울 때도 친구나 옆에 있는 사람을 무는 것은 다른 표현방식을 몰라 아이가 자신의 감정을 표현하는 방법이 되어요. 스트레스를 받았을 때 소리를 지르거나 우는 대신 무는 행동을 보일 수도 있어요. 아니면 물렸던 아이가 그 행동을 모방해서 하는 행동일 수도 있어요.

엄마 아빠의 이야기를 알아듣기 어려운 아이들에게는 물려는 행동을 보았을 때 시선을 다른 쪽으로 돌려 무는 행동을 다른 행동으로 전환시켜 주세요. 무는 행동을 과도하게 관심을 갖거나 과하게 화를 내면 역효과가 일어날 수 있으니 절제된 언어로 이야기하는 것이 좋아요. 아무쪼록 당신과 당신의 아기가 이 시기를 즐겁게 지내길 바랍니다.

엄마의 고민은
끝이 없어라

윙~윙~. 엉덩이 뒤쪽으로 놓아둔 핸드폰이 진동한다. 아기가 있으니 가능하면 벨소리가 아닌 무음이나 진동으로 설정을 바꿔두었다. 그런데 무음이다 보니 핸드폰에 무엇이 왔는지 확인하려고 계속 들여다보게 되었다. 핸드폰에 너무 의존하는 것 같아 어찌할까 고민하다 어느 날은 벨소리로 바꿔도 보고 오늘은 다시 진동으로 설정해보았다.

그러나 핸드폰에 자석이 붙었는지 자꾸만 주머니에 넣고 싶고 손에 쥐고 싶다. 오늘은 무엇이 올라왔나 세상 사람들은 무슨 이야기를 하나 싶어 자꾸만 들여다보고 싶다.

아기도 이제 막 기고 일어서기를 반복하는 시기라 안전을 위한 아기 침대도 새로 사야 했다. 매트도 바꿔주고 싶어 자꾸만 핸드폰을 뒤적거린다. 게다가 아기 기저귀와 물티슈도 소진되어가니 눈은 아기를 보면서도 빠르게 정보를 검색한다. 분주히 움직이는 내 손을 아기도 알 것만 같다. 그렇게 아기에게 온전히 관심을 쏟지 못한 하루. 저녁이 되어서도 엄마는 침대와 매트를 구입하지 못하고 시간만 지나간다.

왜 그럴까? 비싸서 그런 걸까? 하지만, 꼭 필요한 물건이고 당연히 있어야 하는 건데. 아기는 미숙한 존재라 안전한 제품을 사용해야 한다고 생각하는데 그 안전한 제품이 끝도 없이 많아서 고르지 못하는 걸까? 내가 쓰는 게 아니라서 그럴까?

며칠간 찾아보니 아기 침대 가격은 싸게는 몇십만 원부터 몇백만 원까지 정말 다양하다. 좋은 건 알지만 쉽게 사게 되지 않는다. 결혼을 준비하며 매트리스, 침대 프레임은 비싸게 사놓고 소중한 아기가 사용하는 물품에는 왜 이렇게 구질구질해진 걸까. 거기에는 아기가 쓸지 안 쓸지 예상할 수 없다는 핑계가 붙는다.

혹시나 쓸만한 물건이 있을까 싶어서 중고거래 마켓을 기웃거릴 때도 마찬가지다. "우리 아기가 침대를 좋아하지 않아 10번도 쓰지 못 했어요."라는 글을 보면서 혹시 우리 아기도 그러지 않을까 생각한다. 디자인도 마음에 들고 아기에게 적합한 제품이지만 비싸게 샀는데 혹시나 아기에게 필요하지 않다면? 그런 생각에 결제를 진행하다가도 다시 핸드폰을 닫

아버리고 만다.

※ ※ ※

　엄마는 그런 존재다. 아기를 위해서 이게 좋을까, 저게 좋을까 생각하며 머릿속에서 고민을 수백 번 하는, 그러다 아기가 울면 하던 걸 내려놓고 달려가는 바쁜 사람.

　현명한 결정을 내리기 위해 나는 종이에 고민하는 것을 써볼까 한다. TO DO LIST도 만들어 가장 먼저 할 것을 정해본다. 내일은 드디어 하나를 끝냈다는 만족감을 가져보길 바라는 마음으로.

TIP

낮잠 안자는 아이, 고민이에요

낮잠에 대한 고민, 끝도 없으시죠. 실은 교사로서도 엄마의 입장에서도 고민이 됩니다. 그렇지만 이런 고민은 어른의 시각에서 바라본 아이의 문제이지, 아이에게는 문제가 아니랍니다.

유아반이라면 "왜 내가 놀고 싶은데 낮잠을 자야 하는거지?", "나는 졸리지 않은데?" 이렇게 생각하는 아이도 있고 오늘은 졸리지 않은 낮잠 시간에 무엇을 해야 하나 생각할 수도 있어요.

많이 어린 영아는 잠투정을 하느라 잠들기 전까지 많이 지칠 수 있어요. 그래서 영아반 선생님은 가정에서 어머님과의 낮잠 습관이 어땠는지 사전에 알아보고 비슷한 환경을 만들어주며 편안함을 주기도 해요. 아이 입장에서는요. 아이에게도 낮잠시간에 대한 안내와 적응이 필요해요. 어린이집에 처음 온 낯선 친구들의 경우에는 이제 막 사온 이불에 누워야 할 때도 있고, 익숙한 이불이라도 엄마랑 즐겁게 놀다가 갑자기 어두운 교실에 누워있으려니 무섭기도하고 새로 만난 선생님이 궁금하긴 해도 함께했던 엄마가 그리울 거예요.

그래도 교사의 입장에서는요. 적응기간이 지나면 한명 한명 적응을 해간다는 게 신기하고, 감사하며 시간의 힘이라는 생각이 들어요. 우리 아이들의 성공적인 첫 사회경험을 잘 도와주었다는 생각도 듭니다.

적응기간 이후 학급에 적응된 이후에는 간혹 친구의 이불이 좋아보여 탐내기도 하고 친구가 내 것을 탐내기도 해요. 어떤 아이들은 낮잠시간이 되면 흥분해서 교실을 뛰어다니기도 하고 친구의 베개를 밟거나 친구 것을 가져가고요. 아직은 낮잠시간에 대한 규칙을 잘 모르기도 하는 친구들이 이런 행동을 보이는 경우가 많습니다.

연령에 따라 참 많은 친구들의 잠투정이 있지요. 낮잠시간에 많은 아이들을 재우는 선생님은 한명 한명 재워주시지만 모든 아이를 같은 시간에 도와줄 수 없는 게 현실이에요. 시간이 필요해요. 어린이집을 가기 전 기관에서의 낮잠시간은 몇시부터인지 알아보세요. 혹은 적응기간부터 준비하는 것도 좋아요. 무조건 강제적으로 하는 것이 아닌 낮잠이 편안히 쉴 수 있는 시간이란 것을 인지시켜주는 것이 좋아요. 그럼에도 불구하고 낮잠시간에는 교실 불을 끄고 조용한 음악을 틀어주기 때문에 오전 시간에 에너지 소모를 다히지 못한 친구는 조금 불편하고 몸을 움직이며 놀이를 하고 싶어할수 있어요. 이럴 때는 각 교실에서 어떻게 도와주는지 알아보세요.

보통은 이불에서 뒹굴 뒹굴하다 잠이 들고 선생님의 도움을 받아 잠들지만 이것도 안 될 때는 조용한 놀이를 하는 경우도 있어요. 조용히 책을 보거나 손으로 조작하는 놀이를 할 수도 있지만 자고 싶지 않은 다른 친구들이 다함께 일어나고 싶어 할 수 있어서 아이들이 모두 잠든 후에 도와줄 수 있어요.

낮잠을 자는 동안 아이들은 휴식을 취하고 세포도 성장한다고들 하죠? 이렇게 꼭 필요한 낮잠이 어려울 친구들에게 조금이나마 도움이 되는 이야기였으면 해요.

b

육아는 현재 진행 중,
내 인생은 앞서가는 중

우리 아기가
어린이집에 간대요

아기는 9개월을 지나 10개월에 접어들었다. 뽀얗고 하얀 속살, 터질 것 같은 볼살이 아직도 눈에 선한데 회사 복귀 날짜가 하루 하루 다가올수록 마음이 불편해졌다. 아, 아직은 내 마음이 아기와 떨어지기 힘들구나.

어머님께 아기를 맡기고 볼일을 보기도 하는 편이라 매우 쿨한 편이라 생각했던 초보엄마는 "아직도 어린데." 하는 생각에 "이렇게 어린 아기를 보내도 괜찮을까?" 걱정한다. 하긴 5개월짜리 아기도 적응 잘하고 재밌게 잘 놀았는데 그보다는 5개월, 무려 150일이나 지나 아기를 맡기는 건데 유난이다 싶기도 했다.

한편으로는 언제까지 아기와의 일상이 즐겁지는 않을 듯

했다. 내 배 아파 낳은 아기지만 아기와 하루 종일 함께 있으려니 다리와 허리는 쑤시고 팔뚝은 두꺼워지고 뱃살은 빠지지도 않아 언제쯤 다이어트를 해야 할까, 한다고 하면 빠지기는 할까 생각하게 되었다.

돌아갈 회사가 없어도 걱정, 있어도 걱정인 초보엄마는 이제 아기를 어린이집에 보내기 위해 분주히 알아보기 시작한다.

* * *

몇 달 전부터 아이사랑 앱으로 집 근처 괜찮다고 소문난 어린이집은 어디인지, 유기농 먹거리를 취급하는 곳, 선생님이 좋은 곳 등등 다양한 곳을 수집해두었다.

집에서 가까운 곳에 나의 요구조건을 만족시킬 곳이 있다면 좋을 텐데 추천받고 자리가 있다고 하는 곳은 대부분 먼거리에 있는 시설이 대부분이었다.

하필 이사한 집 근처에는 어린이집이 적어 엄마들이 옆 동네로 많이 보내고 있다고 하니 도보로 다니며 시어머님의 도움을 받으려했던 내 계획에 차질이 생겼다.

T I P

우리 아이 어린이집 준비물

- 등본, 부모님의 재직증명서, 의료보험증 사본
- 아이의 예방접종증명서, 건강검진서류
- 입소서류(입학할 어린이집에서 제공)

개인용품도 꼼꼼하게 챙겨주세요. 모든 물건에는 이름을 기재해요.

- 이불, 베개
- 양치컵(종이컵 크기의 손잡이 있는 스테인레스 컵)
- 치약, 칫솔
- 여벌옷과 양말
- 영아의 경우에는 기저귀, 가족사진, 애착물품 등
- 물티슈, 휴지

* 어린이집에 따라 다를 수 있음.

어린이집, 가고 싶다고
다 갈 수 있는 게 아니었어

조리원에서 만난 이사 갈 동네 엄마는 둘째 아기를 출산했다. 아기의 어린이집은 어디로 보내는지 묻자 집 앞에 있는 국공립에 운 좋게 다니게 되었다며 태어난지 얼마 되지 않은 둘째도 대기를 걸어 두었다고 했다.

우리 아기도 대기를 걸어야 하나, 집 주소는 어떻게 해야 하지 고민하던 찰나에 이사도 해야 하고 아기 양육으로 바쁘게 시간을 보내다보니 어느새 아기는 훌쩍 커버렸다.

❋ ❋ ❋

이사 온 동네에서 추천받은 많은 어린이집은 대부분 먼 거리였고 어렵게 찾은 한 곳에 방문할 수 있었다. 코로나로 많은 아이들이 가정 보육 중이었고 그래선지 선생님들이 덜 바빠보였다.

이곳은 기존에 있던 어린이집을 인수받아 원장님과 교사가 많이 바뀐 곳이었다. 그래서 지역 맘 카페에선 소문이 안 좋게 나있고 인식도 아직은 부정적인 듯했다. 그러나 역시 직접 방문해 따뜻한 마음을 가진 원장님과 선생님을 뵈니 마음이 놓이는 듯했다.

다만, 이왕이면 조리사 선생님이 계신 곳으로 가고 싶었는데 아직은 아이들도 적고 개원한 지 얼마 되지 않아 조리사는 채용하지 못하고 원장님께서 직접 요리를 하고 계신다고 했다. 또한, 건강하고 좋은 재료로 만드는 것을 좋아한다고 하셨다. 고민이 되었다. 엄마가 되어 내린 원칙 중 한 가지는 원장의 역할은 원장이, 요리는 조리사가 하길 원했기 때문이다. 왠지 못 미더운 부분도 있었다.

그래도 한번 보내볼까 싶어서 다니기로 약속을 하고 필요한 것들을 안내받을 수 있는데, 집으로 돌아온 후 원장님께 온 메신저에는 다른 아이의 이름으로 시작하는 장문의 글이 있었다. 순식간에 삭제되고 다시 우리 아이 이름으로 시작하는 장문의 안내 글이 도착했지만, 월요일에 만나기로 했는데 금요일로 잘못 적혀있고 몇 가지 잘못된 글도 있었다.

교사 된 입장서도 또 학부모된 입장서도 원장님이 걱정되었다. 이제 막 처음만난 학부모와 원장인데 이렇게 실수를 많이 하시다니. 마치 상견례 하듯 서로에게 좋은 모습을 보여야 하지 않나 싶으면서도 새로 만날 엄마들에게는 신뢰감을 보여줘야 하는데 싶은 마음에 걱정도 되었다.

한참을 고민하다 원장님의 까똑에 동그라미를 쳐서 자꾸 오타가 보인다고 보냈다. 아마도, 그곳을 다닐 생각이었기에 앞으로도 소통할 때 오타가 보이면 불편할 거 같아 보냈던 걸로 기억한다.

❊ ❊ ❊

그런데, 며칠 후 우리 아기가 팔을 다쳐 한동안 집에서 있어야 했고 감기 기운과 코로나의 확산에 이어, 아기를 사랑하시는 시어머님이 도저히 어린이집에는 보내기 싫다고 만류하셔서 어린이집 등원은 할 수가 없어졌다.

지금도 어린이집에 보내지 못하고 어머님이 돌보아주시는 우리 아기, 그리고 원장님께는 죄송해서 다시 연락을 드리기가 좀 민망스럽다. 선생님까지 추가로 채용할 예정이라고 했는데… 짧은 글을 통해 죄송함을 전하고 싶다.

어린이집, 적응기간이 꼭 필요할까요?

우리도 사회생활을 처음 했을 때를 생각해보세요. 이 사람이 나를 어떻게 생각할까? 저 사람은 어떤 사람이지? 고민하기도 하고 취직한 회사에 대해 고민도 하지요. 아이들도 마찬가지예요. 아이는 엄마와 함께 있는 시간이 가장 편안한데 어느 날 갑자기 아빠가 없는 바뀐 환경, 가야만 하는 어린이집이 불편할 수 있어요.

더군다나 가정에서 엄마, 아빠와 충분히 시간을 보내고 어린이집으로 놀이하러 가는 친구도 있지만, 한참 엄마와 아빠의 사랑이 필요한 아기인데도 어린이집에 가야 할 수 있어요. 이런 경우 아이는 울음으로, 불편한 표정으로 이 시간을 표현하는데요, 적응기간도 마찬가지일 거예요.

집에서는 아이가 원하는 시간에 일어나 밥을 먹고 엄마와 좋아하는 놀이를 하면 되지만 어린이집에서는 많은 아이들이 정해진 시간에 등원해 선생님을 만나요. 엄마, 아빠 그 밖에 가족들과 생활하던 아이가 또래 친구가 생긴거예요. 아이 성향에 따라 친구가 아닌 경쟁자라고 생각 할 수도 있어요. 그렇다면, 아이 스스로 이곳이 무엇을 하는 곳인지 호기심을 갖고 탐색할 시간이 필요하겠죠? 또 어린이집에서 만나는 새로운 친구, 선생님, 교실의 놀잇감과 환경들, 어린이집 등원 시 보이는 구조물 하나 하나도 어린이 친구들의 마음을 사로잡을 것들로 선생님들은 준비해두신답니다.

그래서 어린이집에 처음 온 날 호기심을 갖고 둘러보고 두 번째 날에는 조금 더 오랜 시간 머물며 차츰 생활하는 시간을 길게 하며 아이의 호기심과 궁금한 것에 대한 답을 줄 수 있는 것이지요.

시간이 지나며 어린이집에서 간식도 먹고 낮잠도 자는 시간을 가지는 건 부모님과 아이 모두 선생님과 어린이집에 대한 신뢰가 생겼을 때 가능한 것이랍니다. 그러기 위해선 함께 익숙해지고 적응하는 시간이 꼭 필요하겠지요.

뚜벅이가
좋았던 시간도 있었지

장롱 면허를 탈출할 기회는 꽤나 많았다. 직장이 먼 거리에 있어 나를 제외한 많은 사람이 차를 몰고 다녔고 집에는 놀고 있는 차가 있으니 연수만 받으면 차를 몰고 다닐 수 있었다.

다만 나는 거리에 폭주하는 차들이 무서웠고 많은 사람이 이용하는 버스나 택시가 안전하다는 무지한 신념이 있었고, 결국 30대 아줌마가 되고서야 장롱 탈출을 원하게 되었다. 여기엔 여러 가지 사정이 있었다.

아기가 태어나니 남편이 없으면 근거리에 있는 친정집에 가는 것도 고민하게 되며 친구를 만나는 것에도 제약 생겼다. 게다가, 코로나 사태로 대중교통을 이용하는 것도 마음에 걸린다. 혼자 버스에 타서도 마스크를 하고 있는 것이 갑갑하고 마음에 걸리는데, 하물며 돌쟁이 아기와 있는 것이 쉬울까.

고민 끝에 드디어 운전연수를 받기로 결심했다. 매년 납부해야 하는 보험료와 차량 관련 지출은 엄마 된 나의 자유 값이라 생각했다.

❖ ❖ ❖

연수 첫날, 차와 관련해서는 무지한 사람이 된 나는 간단한 차량 상식을 듣고 익히기 급급했다. 여자 강사님이 덤덤히 알려주시긴 했지만 휴식시간이 되자 얼른 자리를 뜨셨다. 생초보를 가르치는 일이 힘드셨구나 생각하면서도, 티를 내는 강사님의 행동에 불편했고 나 자신도 부끄러웠다.

왜 이제야 하는 걸까 싶다가도 이제라도 배워서 다행이다, 싶었다. 공간능력이 급격히 떨어져서 운전이 더 힘든 것이리라, 연습하면 다시 좋아질 것이리라 스스로에게 위안을 삼아본다.

운전연수는 기본 1시간에 25,000원! 적지 않은 금액을 지불하고도 기분이 나쁜 건 나의 무지함 때문이리라. 강사님의 불친절함도 나의 무지함과 빠르게 익히지 못함이리라!

하루 10분, 일주일에 몇 번이라도 꾸준하게 운전을 연습하며 거북이처럼 배움이 더딘 나의 실력이 초보를 탈출하길 바라본다. 2주, 한 달, 1년 후에는 언제 그랬냐는 듯 당당하게 운전하고 있을 나의 모습을 상상하며 고단함을 견뎌보고자 한다.

아직은 브레이크와 엑셀 밟는 것도 헷갈리고 주차 공식도 모르겠다. 도로에 나가면 거리의 무법자가 될 거 같아 떨리기만 하다. 그럼에도 익히고 연습하면 이루지 못할 일은 아니다. 오늘 밤 남편 차라도 슬슬 끌어보던가, 적어도 아기 자동차의 운전대라도 만져봐야겠다.

엄마가 되어
몸이 바뀌다

　평일 저녁, 아기를 재우고 벗은 내 몸을 거울에 비춰본다. 아기와 지내는 안방에는 전신거울이 없어 몰랐는데 오랜만에 비춘 거울 속 나는 어디가 허리고 어디가 배인지 구분이 어려울 만큼 살들이 흐르고 있었다. 게다가 팔뚝은 어떤가. 독소가 가득 차있는 팔 사이로 화가 내뿜는 듯했다.

　나는 몰랐다. 아기를 낳고 나면 이렇게 등에 붙어있는 살이 없어지지 않는다는 것을. 특별히 많이 먹지도 야식을 먹는 것도 아닌데 왜 살이 안 없어질까.

　아기가 내 쭈쭈를 먹을 때마다 만져지는 뱃살은 어떠한가. 배와 허리에 힘을 주고 다닌 후로는 그 뱃살의 두께가 얇아진 듯했지만 뱃살레오와 같은 별명을 스스로에게 붙여주고 싶을 정도이다.

엄마가 되면 운동할 시간이 있을 줄 알았다. 백일 후가 지나면 허리는 쏙 들어가는 줄 알았다. 한편으로는 연예인 엄마들이 부럽다. 전문 관리사에게 관리를 받아서가 아니다. 그들은 방송에 나와야 하는 책임과 의무감 같은 거에 더 열정적으로 움직일 테다. 나도 그들의 열정을 배우고 싶다.

아기를 낳고 1년이 지나면 나아질 줄 알았으나 뱃살과 흐르는 살들은 피나는 노력 없이는 나와 멀어지지 않는다. 새해에는, 다가오는 월요일 첫날에는 흐르는 뱃살과 터질 것 같은 다리 살을 조금 날씬하게 만들고 싶다. 누군가, 겉모습인 몸에 그렇게 목매야겠냐고 묻는다면, 나의 즐거움과 행복감이 본 모습과 비례한다고 답하고 싶다.

여자여, 엄마여…. 스스로의 한계를 넘어 자신이 만족할 겉모습이 되어보면 알 것이다. 얼마나 즐거운지, 내가 얼마나 예쁜 사람인지.

다시 한번, 다이어트할 의지를 세워본다. 성공하면 짜잔, 하고 누군가에게 자랑할지도 모르겠다.

육아휴직,
또 다른 고민

아기를 낳기 전에는 워킹맘이라는 현실을 받아들이고 싶었다. 이왕이면 일이 있는 게 좋다고 생각했고 직장이 없는 나의 삶 자체가 상상이 안됐다. 남편이 한 달에 내 연봉만큼 벌어온다면 관두는 것도 생각한다고 말할 만큼 일은 내게 있어 필수요, 꼭 하고 싶은 것이었다. 그러나 아기가 태어나 1년이 지나 복직을 할 시간이 되니 입 밖으로 뱉은 말들이 얼마나 무모했던가 싶었다.

아기와 함께 자고 일어나 매일 아침 눈 부신 햇살을 만나고 식사를 여유롭게 할 수 있고 원할 때 산책을 나가며 책을 보거나 놀다가 까르르 웃을 수 있는 것, 누구도 대신해 줄 수 없는 나와 아이만의 소통 방법이었다.

그렇게 평범한 일상을 보내다 막상 일을 시작한다고 생각하니 이른 아침, 아이와 함께 나가던 공원 산책도 그곳에서 만난 예쁜 새소리도 아기 없이 혼자 누리던 새벽의 자유시간도 다 그리워질 것 같았다.

또, 한편으로는 아기와 함께 비행기를 타고 제주도 여행도 가고 싶었고 바다 생물을 보러 수족관도 가고 싶어 버킷리스트를 만들어 두기도 했었다. 코로나로 어딘가 여행을 가는 것도 너무나 큰 결심이 필요한 시기라 무엇을 하던 인내하고 고민하다 시간이 흘러가 버렸다.

* * *

육아휴직을 하고 복직을 하는 것이 마냥 기쁠 거라 생각한 건 아니지만 막상 복직을 앞두니 생각했던 것보다 암담하고 속상한 마음이 들었다.

아직 아기와 하고 싶은 것도 다 하지 못했는데…. 이제 어떻게 준비해야 하는 걸까? 과연, 직장으로 돌아가는 게 맞는 걸까? 육아휴직을 끝내고 복직을 한다는 것, 그 자체로 아이와 나에게는 큰 변화이다. 복직을 하기 전 스스로에게 물었다.

내 삶에 변화를 주고 싶은가?

돈을 벌고 싶은가?

일을 해보고 아니면 그만둘 수 있는가?

어느 정도의 유예기간을 둘 것인가?

남편과 상의는 했는가?

돌이켜보니 나는 일을 하며 활력을 얻었고 아이에 대해 더 소중한 감정도 생겼다. 개인적으로 우리 가족은 어머님께 아이를 맡겨 안정적인 환경을 제공할 수 있었기에 가능한 일이었다.

복직 이전에 많은 고민을 하고 있다면 최근에 복직을 앞두고 일하는 엄마, 아빠들의 사례를 찾아보고 곁에 있는 소중한 사람들과 이야기를 나누어 보는 것도 추천하고 싶다.

T I P

늦게 퇴근하는 엄마

이제 저도 돌쟁이 엄마가 된 입장에서 직장을 다닐 생각을 하니 마음이 답답해집니다. 직장을 다닌다면 시간 외 근무, 야근이 얼마나 빈번한 일상인지 말하지 않아도 알 수 있지요. 밀린 업무를 싸들고 아기의 하원을 위해 아기를 데려가고 식사를 준비하고…. 정말 해본 사람만 알 수 있는 어려움입니다.

이렇게라도 일찍 올 수 있다면 좋을 텐데 만약 업무로 인해 6시, 7시에도 아기를 데려갈 수 없다면 어떻게 할까요? 더군다나 엄마보다 일찍 퇴근해 아이를 데려와 줄 남편, 어머님으로부터 도움을 받을 수 없다면요?

그렇다면 일하는 엄마를 위한 돌보미 서비스와 어린이집에서 운영하는 시간 연장 보육을 신청하시길 추천 드려요. 시간 연장보육이란 어린이집을 이용하는 아동을 대상으로 오후 4시 또는 원의 사정에 따라 6시 그 이후 시간에 시간 연장 보육교사 또는 어린이집 내 당직 교사들이 시간 연장 보육을 하게 됩니다.

일반적으로 시간 연장, 야간보육을 하는 어린이집은 시립, 구립, 직장 보육시설과 같은 어린이집이 일반적입니다. 직장에서 운영하는 직장 어린이집은 해당 직장 내 사원을 위한 곳이고, 시립과 구립은 시, 구 등 국가에서 운영하는 시설로 신청 후 대기를 통해 입학할 수 있어요. 직장을 다니는 많은 어머님들이 원하는 서비스라 경쟁이 치열할 수 있고 시립 어린이집에 입소하길 원하는 어느 학부모님은 아기가 태어나 조리원에서 오는 길에 입소대기를 하러 오기도 했답니다.

한편 가정어린이집과 민간어린이집에서는 야간보육이 어려울 수 있지만 '복지로' 사이트에서 내가 거주하는 지역 내 이용 가능한 시간 연장, 야간보육을 하고 있는 어린이집이 있는지 확인해보시길 추천해요.

맘카페 회원으로 카페에 올라오는 글을 읽다보면 '등하원 도와주실 분 구함', '오후 4시부터 저녁 7시까지 아이와 함께 계실 분'이라는 제목을 단 글이 올라옵니다. 조부모님과 가까운 곳에 거주하고 있지 않다면 믿을만한 분을 구하는 것도 필요하겠죠. 맘카페나 지역카페에 글을 올려 사람을 구하는 게 어렵다면 지인들로부터 추천을 받는 것도 하나의 방법입니다.

원하는 요건과 자격 명시, 지켰으면 하는 약속을 미리 정해두세요. 집 안 내에 CCTV를 설치해야 한다면 미리 어떻게 설치해야 할지 가족과 상의하는 것도 필요하겠죠. 우리 아이의 주양육자가 엄마, 아빠, 외에 자주 바뀌는 것은 결코 좋지 않으니 충분한 시간을 두고 찾고 또 찾아 신중하게 결정해보세요.

독서 모임이라니!

　언젠가는 같은 책을 읽고 이야기를 나누는 지식인이 되리라, 독서 모임에 참여해보리라! 이런 마음만 있었는데 같은 지역 안에서는 내 취향이 아닌 책 위주로만 독서 모임이 있어 자연스레 집에서 한참 시간이 걸리는 타지역으로 모임을 다녀오게 되었다.

　모임 장소는 젊은이들이 좋아하는 강남역! 몇 년 전에야 어려움 없이 다니곤 했는데 아기를 낳은 후로는 길고 긴 서울행이 되어버렸다. 오고가는 길에서 2시간을 소요하니, 아기는 나 없이 잘 있을지 걱정부터 앞섰다. 아니 그 전에 어머님이나 남편이나 친정 엄마에게 아기를 맡기고 외출해야 하는 큰 결단도 필요했다.

그럼에도 시간을 투자해 모임의 참여했던 건 아기와의 대화로 단절된 나의 대화 능력을 위해서, 나의 지식을 탐구하는 배움의 욕구를 위해서, 좀 더 원초적으로는 그저 단순히 사람과 대화하고 싶은 마음 때문이었다.

＊ ＊ ＊

좋아하는 책을 읽고 모임에 참여한 첫날, 신선한 충격을 받았다. 나보다 훨씬 먼 지역에서 오는 사람도 있었으며, 나이의 많고 적음이 없었다. 결혼을 하지 않은 20대부터 결혼을 하고 아이도 성장한 나이 지긋한 어르신도 계셨다.

그 외에도 독서 모임이라는 게 무엇인지 잘 모르던 내가 첫날 느낀 문화적 충격은 이루 말할 수 없었다. 혼자 생각하고 줄을 치고 메모하던 순간에서 벗어나 토론하기도 했고 내 생각을 남에게 말할 수 있는 것에서 즐거움도 느꼈다.

매일 아기와 말하다 지식인들의 모임을 참여하고 온 후에는 기분이 날아갈 것 같았고 콧노래가 나왔으며 아기를 돌보는 것도 덜 힘들게 느껴졌다. 그렇게 참여한 독서 모임을 시작으로 강의를 듣는 등 문화생활을 시작했고 이는 내 생활의 활력이 되었다.

때로는 수유를 하지 못해 가슴이 갑갑하고 불편한 날도 있었으며, 집에 돌아온 이후에는 즐거움도 잠시 피곤이 밀려와 후회되는 시간도 있었다. 하지만, 직장인 시절에는 황금 같은 토요일에 놀아야 했다면, 지금은 아기나 같은 아기 엄마와의 만남 외에도 누군가와 만나 대화할 수 있다는 것 자체가 즐겁게 느껴졌다.

✸ ✸ ✸

아기를 출산하고는 이렇다 할 외출이나 모임을 가기가 어려운 것이 사실이다. 그럼에도 아기와 떨어져 나만의 시간을 가져보는 것을 꼭 추천한다. 카페에 혼자 가서 차를 마시거나 공원을 산책해도 좋고, 원데이 클래스로 꽃을 배우거나 혹은 코로나 바이러스로 인해 외출하기가 어렵다면 집에서 유튜브를 통해서라도 무언가 새로운 것을 배울 수 있다.

아기와의 일상에서 벗어나 여자의 시간을 가져보길 바란다. 행복한 여자가 행복한 엄마가 되는 건 당연한 이치가 아닐까? 방법의 차이만 있을 뿐이지 엄마가 더 자주 웃으면 아이도 엄마가 행복하다는 것을 안다. 목소리의 높고 낮음을 아기도 느낄 수 있다. 이 부분을 간과하지 말길 바란다.

우리 아이가 식탁 모서리에 성기를 문질러요

우리가 흔하게 알고 있는 자위행위는 무엇이 있을까요? 청소년기, 사춘기 시절에 엄마 아빠 몰래 방문 잠그고 야한 영상을 보거나 만화책을 보게 되면 야릇하고 신비한 느낌을 받을 때가 있지요. 아이를 키워보면 우리가 생각했던 사춘기 시절의 자위행위가 아닌 아직 월령이 어린 아기가 뾰족한 모서리에 성기를 비빈다거나 여아의 경우에는 소중한 부분에 장난감을 넣거나 바닥에 마찰을 시켜 쾌감을 느끼는 등의 장면도 볼 수 있어요.

모든 부모님이 그런 아이들을 만나는 건 아닐 테지만, 혹시라도 내 아이가 그러는 걸 처음 봤고 알았다면 엄마, 아빠로서는 깜짝 놀랄만한 일입니다. 아빠 혹은 엄마만 이런 장면을 봤다면요? 아빠에게 뭐라고 이야기해야 할지 고민되는 부모님도 계실 것 같아요.

그런데, 수많은 육아 서적을 보면 알 수 있듯이 이런 현상은 자연스러운 행위이며 아동학자로 유명한 프로이트는 인간 발달 단계 중 남근기(성기기)에서 이 자위행위가 나타난다고 해요. 남아의 경우에는 자신의 성기에 관심이 생겼다는 의미이며 성적인 의미는 아니라고 본다고 하는데요, '내 성기가 없어지지 않을까?' 정도로 생각한다고 합니다. 여자아이의 경우에는 성기가 없는 남근 선망의 시기라고 하는 심리학적인 연구가 있네요. 200여 년 전의 아동학자가 주장한 이야기이지만 꽤 일리 있다고 생각되는데 어떠신가요?

그렇다면, 우리 아이들을 어떻게 도와줘야 할까요? 어떤 예방법이 있을까요? 자위행위를 보이는 아동의 경우 심심해하는 모습을 많이 볼 수 있어요. 이것도 놀고 저것도 놀았는데 재미가 없어요. 그러다 바닥이나 장난감에 내 성기가 부딪혔는데 느낌이 좋아요. 그러면 이것만 큰 재미있는 게 없으니 점점 하고 싶고 반복되는 현상이 있을 수 있어요. 반대로 지나치게 긴장감이 높은 아이에게는 잠들기 전에 자위행위를 하는 모습이 자연스럽게 나타날 수 있답니다.

엄마, 아빠가 아이의 자위행위를 보고 깜짝 놀라며 큰 반응을 보이는 것도 아이에게는 "내가 엄마, 아빠의 관심을 끄는 중요한 행동을 하고 있구나!", "좋다, 앞으로 더 열심히 해야겠어!"라고 인식하는 계기가 될 수 있어요. 또한, 아이가 부모의 관심을 받고 싶은데 어떻게 표현해야 할지 모를 때 자위행위를 하기도 합니다. 엄마, 아빠의 관심과 애정 없이도 행복한 느낌을 느낄 수 있으니 자위행위를 반복하겠지요. 그러니 가능하면 아이가 무엇을 하는지 관찰하며 아이의 요구사항을 살펴봐주시면 좋아요.

마지막으로 아이의 자위행위를 목격했다면요? 어떤 대처가 가장 적합할까요? 자연스럽게 다른 활동, 더 재미있는 활동을 해볼 수 있도록 흥미 유발을 시켜주시며 관심을 다른 쪽으로 옮겨주시는 게 좋아요. 보통 여아의 경우 3세 이후로는 자위행위가 점점 없어진다고 하니 관심을 보이되 염려하는 모습을 아이에게 들키지 않으며 도와주는 게 필요하겠죠? 다만, 아이가 지나친 자위행위를 보이며 놀이에 집중하지 못한다면 선생님이나 전문적인 기관의 도움을 받아 어떻게 도움 주면 좋을지 알아보는 것도 추천해드려요.

아주 어린 월령의 아이부터 큰 아이들까지 자위행위는 아이에게는 신체놀이처럼 다가올 수 있어요. 부모님의 행동 방침에 따라 가볍게 지나갈 수도 또는 부모님의 걱정거리로 쌓일 수도 있는 존재랍니다.

엄마 아닌 여자로
사회생활 하기

직장의 종류에는 여러 가지가 있겠지만 그중 한 가지는 여자 사람이 많은지 아닌지로 분류할 수 있겠다. 그런 의미에서 어린이집은 상대적으로 여자 사람이 많은 공간이다. 엄마로 지낼 때에는 머리도 부스스하고 옷도 아무거나 걸쳐 입고 양말도 안 신는 날이 많았다.

복직을 앞두고 출근복장을 찾아 입어보니 어울리지 않는 듯하고 아침마다 머리를 손질해 나갈 생각을 하니 답답한 마음이 들었다. 조금 더 짧게 자르는 게 좋겠다. 유명 쇼핑몰 CEO의 사진을 미용실 원장님께 보여주며 이렇게 하면 어떤지 묻고 감행했다. 결과는 대성공, 아침마다 머리 손질하는 시간도 줄어들었고 복직으로 인한 감정도 정리하면서 분위기도 바꿀 수 있었다.

　일 잘하는 여성이 되고 싶었다. 엄마로서 아기와 있을 때의 엄마만 느끼는 그 느낌, 걱정을 가져오기 싫었다. 그래서 복직 기념으로 옷가게에 들려 옷도 사고 머리도 다듬어 변화를 주었다.

⁂

　일을 시작하고 한 달간은 혼자 고민했다. 괜히 일을 시작했나, 아침마다 헤어져 우는 아기가 너무 그리웠고 우리 반 아이들을 볼 때마다 아기가 보고 싶어 졌다. 어떤 부귀영화를 누리겠다고 작은 아기를 놓고 다른 집 아이를 보고 있는 것일까. 혼자 눈물을 흘린 적도 많았다. 괜히 서글퍼지고 웃어도 웃고 있지 않았다.

　우리 아기가 보고 싶었지만 동료 교사들이 아이를 예뻐하는 것을 보고 예쁘고 좋은 말, 우리 아기에게 하고 싶은 말을 마음껏 해줬다. 하루하루, 우리 아기가 보고 싶은 만큼, 아이들도 나를 좋아해주었다.

　월급날이 되어 어머님께 용돈을 드리고 내가 필요한 것을 구매하고 맛있는 것을 사 먹고 그 우울한 기분이 조금은 누그

211

러졌다. 몇 달간 남편이 보내주는 생활비로만 생활하다 나의 돈이 생긴다는 기분, 새삼스레 기쁘고 즐거웠다. 아마도, 엄마들이 이런 기분으로 다니는 것일까?

* * *

일을 하면서 15개월 우리 아기가 나와 떨어져 지내며 나는 독립적인 존재가 되었다. 어깨에 쌓아두었던 피로곰도 잠시 떼어낼 수 있었다. 나이를 불문하고 결혼을 했던 안 했던 많은 성인들과 일하면서 나의 이야기를 할 수 있다는 것이 즐거웠다. 아기 엄마가 아닌 나 홀로 다시 인생을 시작하는 마음이 들었다.

주변의 엄마들이 묻는다.

"일 시작하니 어때요?"

"좋아요, 다시 아기씨가 된 것처럼 혼자만의 시간도 있고 돈도 벌고 에너지가 많이 생겼어요."

"아기가 많이 보고 싶어요, 그래서 퇴근하고 더 많이 놀아주려고 노력해요."

복직을 꿈꾸는 엄마여, 일을 하려는 엄마여⋯. 직장과 매일 매일 성장하는 아기를 놓고 많은 고민을 하겠지만 하고자 한다면, 아기는 누가 돌봐줄지, 출근 전까지 무엇을 준비해야 할지 우선 적어보는 건 어떨까? 우리는 충분히 잘할 수 있다. 그저 아기도 엄마도 잠시 적응할 시간이 필요할 뿐이다. 그럼에도 굳이 필요한 것을 추천한다면, 아기에게 지지 않을 체력과 쉴 수 있을 때 푹 쉬는 마음가짐, 힘든 날은 누군가에게 도움을 요청할 수 있는 말랑한 마음가짐, 이 세 가지라고 말해주고 싶다.

나는 다시
어린이집 선생님이 되었다

　피곤하지만 꽉 찬 주말 일상이었다. 낮에는 아기와 기차를 보러 다녀왔고 지인과 짧은 만남을 가졌으며 집에 돌아온 후에는 간단히 밥도 해먹었다. 아기는 우리가 함께 있는 것이 즐거운지 춤도 추고 몸도 많이 움직였다. 10시가 훌쩍 넘어야 잠자는 아기인데 웬일로 8시도 되지 않았는데 졸려 보였다. 한참 달래다 결국 재웠고 그렇게 쿨쿨 잘 잤다.

　아기의 울음소리가 들리지 않았으나 무언가 들여다봐야겠다는 느낌에 아기에게 가보니 역시 일어나 앉아있는 것이 아닌가. 옆에서 자는 척을 하고 다시 재우려는데 한참을 달래도 달래지지 않고 울었다. 물도 마시게 하고 창밖의 반짝거림도 보여주고 한참을 기다렸지만 강성한 아기 울음은 계속됐다.

이제 제법 말귀를 알아듣는 편이라 졸리면 울음을 뚝하고 엄마랑 들어가자고 안 졸리면 아빠랑 거실에서 놀자고 제안했다. 그렇게 방에 들어가 아기를 기다리는 틈에 잠옷을 갈아입는다.

다시 엉엉 우는 아기 소리에 늘상 그랬건만 했는데 남편이어서 문을 열라고 한다. 아기가 내가 출근하고 없어질까 무서워 울어서 보내지 않으려 하는 것 같다고 한다.

출근 한 달 차, 아기가 깨기 전에 살금살금 집을 나가 캄캄한 밤이 돼서야 들어오는 것, 조금 늦게 출근할 수 있을 때는 아기의 아침밥을 든든하게 먹을 수 있도록 도와주고 출근하는 것, 한 달 사이에 새롭게 만든 우리의 아침 일상이 낯설지만 익숙해진 듯했다. 하지만, 아기에겐 여전히 불편하고 낯선 감정과 상황이었나 보다.

우는 아기를 안고 나도 한참을 울면서 엄마가 지금은 가지 않는다고 옆에 꼭 붙어 있겠다고 미안하다고 말했다.

아기를 달래기 위해 과자도 먹고 우유도 먹고 다시 양치질도 하고 한참을 침대에서 쉬다가 다시 잠이 들었다.

아기에게 미안하고 안쓰럽고 또 기특한 날이다. 내일 또 출

215

근을 해야 하는 사실이 속상하고 안타깝기도 하다. 이번 한 주가 아기의 울음만큼 잘 지나가길 바라본다.

TIP

어린이집에서 양치 지도는 어떻게 하나요?

오복 중에 하나라는 치아는 꾸준한 관리가 필요하죠. 하루 중 가장 많이 먹고 가장 많이 말할지도 모르는 어린이집에서의 생활에 치아 건강이 염려될 수밖에 없어요. 그래서 어린이집에서는 낮잠 시간 이전에 영유아 개별적으로 치아를 닦을 수 있도록 도와줍니다.

만1세의 경우 아직 칫솔을 스스로 잡고 치아 속을 깨끗하게 닦는 것에 어려움이 있죠. 그래서 선생님이 대부분 양치질을 도와주고 입속을 헹구는 것도 천천히 알아가도록 해요.

아직은 양칫물 뱉는 것에 어려워하기에 학기 초나 1학기에는 수돗물이 아닌 정수 물을 사용하는 곳이 많아요. 먹을 수 있는 치약을 사용하는 것처럼 아이들은 자신도 모르게 입 속의 물을 먹어버리기에 양치질이 익숙해질 때까지 도와주는 것이지요.

그런데, 어린이집처럼 많은 아이들이 생활하는 곳에서 어떻게 한 명한 명 지도하는지 궁금하지 않으신가요?

식사 후 선생님 한 분이 양치 지도를 위해 아이들의 칫솔, 치약, 양치컵을 미리 준비해두시고 식사가 끝난 아이들 몇 명을 데리고 먼저 양치 지도를 시작해요.

이때는 아이들이 기다리는 것이 어려울 수 있어 기다리는 시간은 최소로 하되 스스로 칫솔 잡기를 원하는 경우에는 미리 치약을 짜주어 칫솔을 쥐여주기도 합니다. 하지만, 아직은 어린 연령이기에 칫솔질을 하다 다칠 수 있기에 이 점을 유념해서 한답니다.

선생님은 아이의 입 안쪽 이쪽저쪽 구석구석 닦아줍니다. 치아에 이물질이 잘 끼는 아이라면 하나하나 세심하게 빼주고 물을 마시고 '오글오글 퉤' 뱉는 과정도 매번 보여준답니다. 아이들은 선생님의 행동 하나하나에서 배우고 있기에 모델링이 필수에요. 그렇지 않고서 어린이집 몇 달 다녔다고 혼자서 되는 것이 아니지요.

선생님은 아이의 양치질 수준에 따라 아이에게 다른 것을 요구하기도 해요. 아이가 힘들어할 것을 제안하는 것이 아닌 "우리 ○○ 칫솔을 이렇게나 잘 잡았네. 이번에는 칫솔로 앞뒤를 쓱싹 닦아볼까?"라고 아이 스스로 칫솔질 해볼 수 있도록 도와주는 것이지요. 양치질이 끝난 후에는 아이의 손과 입을 닦아주고 교실에 들어가는 것까지 도와준답니다.

만2세의 경우를 알아볼까요? 만1세와 비슷한 과정을 거치는데 다른 점이 있다면 아이의 자율성이 높아졌기에 스스로 자신의 칫솔, 치약 알아보기를 더 많이 원한다는 거에요. 그래서, 아이의 안전이 보장된 공간이라면 아이가 자신의 칫솔을 쥐고 양치질을 해볼 수 있도록 도와줄 수 있어요. 칫솔질을 스스로 하는 시간이 조금 더 길어지고 가끔은 더 많은 시간을 양치질한다고 떼를 쓰기도 한답니다.

선생님은 모든 아이들의 양치 지도가 끝나면 양치컵과 칫솔을 뜨거운 물로 깨끗하게 닦고 자외선 소독기에서 소독을 해두고 다음 일정을 진행해요. 양치 지도 하나 만으로도 선생님들이 아이들을 얼마나 생각하는지 느껴지시지 않으세요? 양치지도가 끝나고 나면 조그만 우리 아기들 옆에 쪼그려 앉아 도와주느라 다리와 허리가 아팠던 기억이 있네요.

믿고 기다려주세요. 그리고 필요한 것은 없는지 가정에서 함께 연계되어 도와줄 수 있는 부분은 무엇인지 알아보고 함께 해주신다면 더없이 감사하겠습니다.

어느새 겨울이 되었고 아기는 한 살을 더 먹었다.
쑥쑥 크는 아기와 달리 내 몸과 마음은 아기만큼
성장하지 않으니 속상할 때도 있다.

밤새 아기는 어금니가 나는 건지 엥엥 우느라 힘들었는지
출근길 아침이 되니 곤하게 자고 있다.
아기에게 짧은 볼 뽀뽀를 해주고는 집을 나선다.
그렇게 나는 오늘을 위해 일한다.

일하면서 간간히 달력을 본다.
남아있는 휴가 날짜를 세어본다.
이번 휴가에는 무엇을 할까?

눈이 와서 아기와 눈썰매를 타면 좋겠다.
눈썰매는 집에 있는 아기 욕조에 태워도 될 거 같은데.
날이 따뜻해 집 앞 공원이라도 나가면 좋겠다.
밀려있는 이불 빨래와 베란다 청소는 언제 하지.
아기를 맡기고 일하는 게 나으려나.

그렇게 나는 1년에 몇 개 안 되는 휴가를 기다리고,
때로는 나만의 시간을 갖고 싶어 남편과 협상도 한다.
"이번주 내내 내가 아기 봤으니까
토요일 저녁에는 자유시간을 주면 좋겠어."

그렇게 꿀맛 같은 자유부인이 되고 나면
꾀꼬리 같은 목소리로 아기를 만날 수 있다.

글을 마무리하며 어떤 이야기를 하면 좋을까 생각했다. 어떤 분은 이 책을 읽으며 저 엄마는 체력이 엄청 좋아서 아침부터 오후까지 일하고 저녁에는 집안일에 아기 보는 것도 가능한 걸까 생각하지 않을까 싶다.

나는 집에 오면 바로 아기 밥을 먹이거나 간식을 챙긴다. 배가 고프면 이내 짜증을 내기 마련이니 배를 든든하게 챙겨 기분 좋게 해주는 게 엄마의 임무가 되겠다. 아이가 식사하는 동안 바닥에 흘린 밥풀과 반찬, 그릇 등을 정리하는 동안 아이에게는 커다란 스케치북과 도트물감이나 색연필, 크레용을 쥐여준다.

아이에겐 무언가 그리는 행위가 매력적이고 즐거운 활동이라 이 시간을 기다렸다는 듯이 함박미소를 짓기도 한다. 이런 도구를 활용한 끼적이기 활동이 식상해질 수 있어 매일 주지는 않지만 주방을 정리할 때는 꽤 괜찮은 놀이 친구가 되어준다. 한참 그리고 나면 아이가 그린 것을 보고 반응해주고 같이 그려주기도 하고 마무리를 짓는다.

그리곤, 지저분한 손과 얼굴을 닦고 놀이를 시작한다. 거창한 놀이는 없고 그저 서재방에서 아기와 살을 부대끼며 책을 보는 것, 장난감을 꺼냈다 집어넣었다 반복하는 행위 등이다. 거실에서 텔레비전을 보거나 핸드폰을 하는 것은 가급적 피하려고 한다. 다만, 아이가 책을 읽는 동안 내 책 사이로 핸드폰을 끼워 검색 정도는 하기도 한다. 실은 더 자주 핸드폰을 만지는데 시간을 계속 줄여가려고 노력하고 있다.

기끔은 나도 내 시간을 가지고 싶고 나 혼자 느긋하게 있고 싶기도 해서 남편에게 이야기해 짧게 휴식하기도 하는데 보통은 퇴근 전까지 나를 기다렸을 아이에게 그저 옆에 있어주는 것만으로도 아이는 생글생글 웃기도 하고 보고 싶은 책을 한가득 가져와 풀어놓기도 한다. 아이는 아직 어려 책을 읽기보다는 꺼내고 풀어놓고 저지레하는 게 더 많기도 하다.

아이가 지나간 자리는 어느새 짐이 한가득이라 누가 볼까 얼른 치워버리고 싶고 한숨이 절로 나오기도 한다. 마음 같아선 이것저것 다 치우고 늦게 자고 싶기도 하지만, 아이를 재우다 보면 나도 어느새 꿈나라다. 체력이 좋은 날에는 새벽에 일어나 식탁 정리와 지저분해진 집을 정리하고 그러지 못한 날에는 어쩔 수 없이 아침에 일어나 급하게 정리하거나 아무것도 못 하고 출근하는 날도 있다.

주말이면 평일이면 못했던 모래 놀이나 점토 놀이, 물감 놀이, 몸 놀이를 한다. 어떤 것을 같이 해볼까 싶기도 하고 아무것도 하지 않고 있으면 아이가 하고 싶은 것을 꺼내오기도 한다.

아기와 마음을 읽어주는 게 쉽지 않지만 내 마음을 지키며

내가 읽고 싶은 책이나 내가 하고 싶은 것을 조금 해보면서
가족과 나의 삶을 조금씩 살아가는 것, 누구나 충분히 가능한
삶, 어렵지 않은 시도가 될 거라 생각한다.